Nätverkets pärlor

15 kvinnoröster

En antologi av

Nätverket Skrivande kvinnor

Nätverket Skrivande kvinnor 2017

© Respektive författare och fotograf

Omslagsbild: © Marie Andersson, akvarell

Förlag: BoD – Books on Demand, Stockholm, Sverige

Tryck: BoD – Books on Demand, Norderstedt, Tyskland

ISBN: 9789176995914

FÖRORD

Här är vi, 15 kvinnor med olika temperament och olika bakgrund, i olika stadier av våra liv men alla har vi en önskan att uttrycka oss i ord.

Flera av oss har varit aktiva i *Skrivande kvinnor i Jämtland* som grundades av den jämtländska författarinnan Berta Magnusson. Idag är föreningen upplöst men föreningen mynnade ut i ett *Nätverk för skrivande kvinnor* av den enkla anledningen att vi fortfarande vill skriva!

En del av oss har sökt sig hit nyligen, andra har många år som aktiva i den gamla föreningen.

I juni 2017 började vi samla ihop material till en antologi och nu är den här.

Det krävs mod för att publicera sig, vare sig man har varit med om det förr eller det är första gången. Ett intensivt studium av ord, dess betydelser och sammanhang. Men en dag vågar man ta steget och presentera sig: Det här är jag, det här är min text!

Även om svindeln drabbar en när man äntligen står där på bron ut till äventyret.

© Tilda Langland

INNEHÅLL

© Lena Deimo

ULLA BRÄNNSTRÖM-ENGLSPERGER

Jag är född och uppvuxen i Boden, Norrbotten. Efter avslutad examen på hemorten, idrottslärarutbildning på Bosön samt lärarutbildning i Luleå har jag tjänstgjort i Kälarne och Undersåker. Under mitt yrkesverksamma liv har jag huvudsakligen arbetat som lågstadielärare. De åren jag tjänstgjort på högstadiet har jag undervisat i ämnena svenska – bild, svenska – idrott. Efter vidareutbildning i Umeå och Östersund övergick jag till undervisning av autistiska barn. Sedan 2008 är jag bosatt i Östersund.

Jag skriver för att ord roar mig och jag berättar gärna om mitt skrivande.

Medlem i Författarcentrum Norr.

Publicerade verk:
Vem har sagt att allt ska vara roligt? Ord & visor förlag, 2016
Novellen *"Hoppet"* i tidskriften Mål & Medel, 2015
Novellen "Farmorskramen" i antologin Orter och ställen, 2016

SÖTNOSEN

Mamma, Kajsa och jag. Alla tre stod vi och tittade ut genom köksfönstret. Våra hjärtan klappade oroligt och våra händer knep hårt om fönsterbrädan.

Längst ute vid vägkanten stod han, gullungen, lilla Bubben, lillprinsen, så rakryggad och morsk med den nya ryggsäcken. Likt en bländande gloria lyste hans vita lockiga kalufs. Han väntade på tant Anna-Lisa och hennes dotter Ginger. Det var hans allra första skoldag och ingen av oss "mammor" fick följa med och hålla honom i handen. Han hade fått lov att åka Saab till skolan och därmed var vi ute ur räkningen.

När bildörren slog igen bakom hans tunna rygg vinkade vi så mycket vi orkade. Den enda som vinkade tillbaka var Ginger. Uppgivet tittade vi på varandra, suckade.

Kajsa cyklade i full fart till sin skola. Jag sprang allt vad tygen höll till min och mamma blev ensam kvar i köket.

Hela dagen gnagde oron. Bara ingen var elak.

– Hur gick det, hur gick det? ropade Kajsa och jag i kör så fort han kommit innanför dörren.

Anders och Ginger satt vid köksbordet och åt, dagen till ära, kanelbullar.

– Bra, mumlade Anders och doppade bullen i saften.

– Mera, berätta mera! Vad sa fröken? Fick du någon bok?

Inte ett ljud fick vi ur vår lillebror men Ginger berättade så brödsmulorna sprutade ur munnen. Det handlade om fröken, kamrater, raster, den märkliga pennvässaren, de spännande toaletterna, orgeln, regler och en läsebok. Den skulle det vara papper på. Kajsa och jag nästan slogs om att få sätta omslag på boken.

Tisdagen kom och Anders meddelade att han inte tänkte gå till skolan. Det var inget för honom. Stel som en pinne stod han mitt på köksgolvet och rörde sig inte ur fläcken. Vi försökte med övertalning, med lock och pock, till slut med hot. Inget hjälpte. I ett obevakat ögonblick slank han ut genom dörren. Kvar på köksbordet låg hans nyinslagna läsebok och vid dörren stod hans övergivna ryggsäck.

– Spring till skolan ni, sa mamma. Jag ringer hans fröken. Han ångrar sig kanske.

Strax efter lunch kom han. Något bestämt inför morgondagen ville han inte lova.

Nästa dag, som var en onsdag upprepades samma procedur. Han försvann och han dök upp i hemmet några timmar senare utan att vilja tala om var han varit.

På den fjärde dagen var både Kajsa och jag inställda på att stanna hemma och ingripa om det behövdes. Det gjorde det. Vi lirkade och lockade ännu en gång alla tre. Men nej! Skolan var inget för honom. Han försvann. Tant Anna-Lisa, som nu var informerad om problemet dök upp och lovade att skjutsa honom i Saaben.

Så kom det sig att vi alla fyra sprang runt i kvarteret hela förmiddagen och skrek: Saab! Anders kom hem! Du får åka Saab! Saab Anders! i varierande tonfall alltifrån vädjan till ilska. Jag kutade runt och sökte på alla våra hemliga ställen, det höga gräset där vi brukade ligga och spionera på gubben Lindholm, i skrotbilarna och i fröknarna Laestadius hallonhäck. Ingen unge dök upp. Det gjorde däremot Ginger.

– Jag vet vad det är, sade hon med mallig uppsyn och såg ut som hon först väntade sig en kanelbulle.

– Då ska du berätta, svarade mamma med ovanligt barsk röst.

Den lilla damen vred sig på köksstolen väl medveten om vilken viktig roll hon spelade just då.

– Kläm ur dig, beordrade pappa som dittills inte befattat sig med problemet.

Då klippte Ginger med ögonen, böjde sig fram över bordet, såg pappa uppkäftigt i ögonen och viskade:

– Sötnosen! Sötnosen! Alla flickor tar i ring och så ropar vi. Sen drar vi ihop ringen så vi kommer nära och kan pussa honom.

Hon såg omåttligt belåten ut efter denna upplysning.

– Store tid, arma barn, suckade mamma.

Kajsa och jag satt mållösa

Pappa tände en cigarett.

På fredagsmorgonen, som om ingenting hade hänt, stoppade Anders sin läsebok i ryggsäcken och knallade rakryggad iväg till skolan. Vi talade aldrig mer om den dramatiska skolstarten men frågade då och då, lite försiktigt, hur hans skoldag sett ut. Svaret var alltid detsamma: Bra!

Desto mer talför var Ginger. Hon tycktes ha tagit för vana att dagligen göra den lilla avstickaren förbi vårt hus för att meddela oss alla senaste nytt från skolvärlden. Denna lilla beskäftiga dam berättade en dag att Anders, minsann, haft sitt fina sadelskydd, tillverkat av fårskinn, på huvudet under alla lektioner. En annan dag hade han besökt flickornas toalett. En tredje hade han vunnit en spotta-längst-tävling samt stamklättrat upp i den förbjudna tallen.

– Den där ungen kommer att bli tidernas största skvallerkärring, sa pappa och ruskade på huvudet.

Mamma trodde nog att Ginger skulle ledsna eftersom vi alla visade allt svalare intresse för all hennes information. Men inte.

Första skolveckans sista dag, som var en lördag, slet Ginger upp köksdörren och damp ner på första bästa köksstol. Hon ångade av upphetsning och flåsade som efter en lång språngmarsch. Hela köket doftade ljuvligt av nybakat bröd. Anders kom insläntrande och satte sig lugnt mittemot Ginger. Mamma slog upp saft ur tillbringaren.

– Anders har… började Ginger, Anders har… hon snappade efter luft och tog ny sats. Anders har tappat all sin chokladpudding i bespisningen. På golvet... paang… alltihop!

Då blev mamma förskräckt. Hon vände sig mot Anders och slog ihop händerna. Jag såg hur den otrevliga puddingen skvätte iväg och bruna, hala bitar som flöt omkring bland det krossade porslinet.

– Nämen kära hjärtanes …, började mamma.

Men Anders avbröt:

– Det gjorde int nå.

Han såg på mamma med sina oskyldiga blå och tillade:

– Det var fjärde portionen.

Med hopknipen mun och axlar skakande av skratt ställde mamma bullarna på bordet.

– Bravo! lilla sötnosen, utbrast jag utan att tänka mig för.

Jag sneglade oroligt på Anders. Hade jag använt fel ord nu? Oberört och noggrant plockade han pärlsockret av bullen.

Pappa tände en cigarett.

©Lena Deimo

CLARA WITTHOFF

Jag är född och uppvuxen i Stockholm. Sedan 1975 är jag bosatt i Östersund.

Mitt skrivande berör mest hur det är att vara anhörig till en förälder med bipolär sjukdom.

Jag har bidragit med dikter om detta i två antologier med Skrivande Kvinnor i Jämtland.

Jag har ett manus om min mamma som jag hoppas kunna ge ut.

Publicerade verk:

Dikter i *Ordväv*, Skrivande kvinnor i Jämtland

DEN LILLA BLÅ VÄSKAN

Du hade packat
min lilla blå övernattningsväska
Den som jag hade på helgerna
när jag bodde hos pappa

Tillsammans hade vi
noga valt och lagt ner
det jag bäst behövde

Din kärlek
Din omsorg
Din ängslan

© *Lena Deimo*

Min trygghet
bruna nallen och dockan Annika
Hemsydd med mammastygn

Tillsammans hade vi lagt ner
vår trygghet
vårt liv
Det jag bäst behövde

När jag kom till pappa och min styvmor
sa de att väskan var för stor

Locket öppnades
och allt togs upp till bedömning

Ut flög mammas kärlek och omsorg
all min trygghet
den som jag ville ha med mig
på sommaren hos pappa
den jag bäst behövde

Jag fick finna mig i att mamma och jag
vårt liv
blev granskat och nerpackat i större väskor

En del av mammas omsorg fick inte plats
den jag bäst behövde
Kvar blev min ängslan

DET RÖDA LÄPPSTIFTET

Du var alltid så orolig när vi skulle hälsa på hos mormor.

Hon bodde kvar i den stora, mörka villan. Det var rätt smutsigt och dyster stämning.

Din mamma anmärkte på att du var så blek, "blodfattig".

Innan vi skulle till mormor gnuggade du dina kinder hårt för att se piggare ut. Kanske för att slippa sårande kommentarer.

Rouge köpte du aldrig, var inte flärdfull. Visste kanske inte ens att det fanns.

Ett rött läppstift inhandlade du, bara ett. Gyllene hylsa med ett räfflat vitt fodral.

Sedan du har dött tar jag hand om det. Jag har en liten minneslåda i glas med fyra fack. Där ligger nu ditt röda läppstift. Tillsammans med den breda silverringen med en vacker månsten. Den som du köpte efter skilsmässan.

Du behövde få skyla ditt ringfinger sedan du blev ensam.

I ett annat fack ligger din halskedja med symbolen för Njursjukas Riksförbund. På baksidan ditt namn och personnummer. I fall du skulle bli svårt sjuk behövde omgivningen få veta att du var dialyspatient.

Annonsen om din födelse i januari 1921 och din förlovningsannons, intill favoritbroschen.

MORMOR

Du fick bli mormor. Detta gav dig kraft att orka leva längre, mot alla medicinska odds.

På din begravning sa en av dina arbetskamrater: "Det var barnbarnen som gjorde att Margit fick krafter att leva så länge".

När Peter föddes, efter en oviss graviditet med för tidigt värkarbete, sa du "Vad duktig du har varit som har orkat ligga still så länge".

Vi ringde först till dig på mynttelefonen på Östersunds BB sedan till morfar och Tordis.

Du kom och hälsade på oss när Peter var 4 veckor gammal. Du hade fått en medicin mot depression som du inte hade haft tidigare. Den hade en hemsk biverkning och förstås hade du oturen att få den. Du blev mindre nere, men tappade en massa hår. Din peruk var fin, tjockt och lockigt mörkt hår. När du inte behövde den längre lekte dina barnbarn med den när de skulle klä ut sig.

Du var så lycklig när du träffade Peter första gången. När jag la honom i ditt knä var jag nästan rädd att du skulle tappa honom. Dina fingrar var så stela och fumliga genom alla mediciner. Okoordinerade . Jag tänkte "håll om honom riktigt! Han får inte glida ner i golvet!"

Mest höll ni till på golvet – jag la Peter på en filt och du satt bredvid. Det kändes tryggast så.

Du kunde inte köra barnvagnen, det kändes för osäkert. Att vyssja en trött bäbis till sömns i vagnen gick inte heller. På grund av medicinbiverkningar var dina steg så små och trippande att det inte skakade nog mycket för att en övertrött och halvilsken liten pojke skulle komma till ro.

Vi var rädda att pojkarna skulle få tag på dina mediciner. En gång tappade du en Haldoltablett mitt ibland Peters leksaker och du kunde inte hitta den. Han var då i värsta munstopparåldern. Jag gav mig sjutton på att jag skulle leta upp den, låste in mig och gick igenom hela rummet. Till slut fann jag den på flaket till en liten lastbil. Från den dagen fick du lova att plocka din medicin ur dosetten över diskbänken. Du bad om ursäkt efteråt, sa " Ni måste ha varit fullkomligt livrädda, hur kunde jag vara så klumpig?"

När du var med och hämtade på dagis var jag tvungen att i förväg berätta för personalen att mormor inte klarar att klä på en livlig liten unge som slingrar sig. Trasslande knappar, små vantar och stövlar fixade du inte, även om du helst av allt hade velat det.

Men du kunde massor! Du hade en ängels tålamod. Du låg i vår stora säng med två små killar tätt intill dig. Läste bilderböcker i timmar och aldrig blev du trött.

Du satt och ritade med Peter länge. Det blev bilar i alla tänkbara modeller och storlekar , med och utan tak, bussar, tåg, tusenfotingar.

Och du kunde sticka! Fina mössor och tröjor – den första hjälmmössan i det mjukaste babygarn. Mindre och större tröjor i klara, fina färger.

Din pension var inte stor, men du ville köpa rejäla saker till våra pojkar. Peters första riktiga skidor stod du för. De hängde med länge via lillebror och hittade sedan vägen till en barnrik grannfamilj.

Du hade en speciell relation till ditt yngsta barnbarn Thomas. Ni hade samma pillemariska glimt i ögonen.

Då du var riktigt sjuk och åkte till sjukhus flera gånger i veckan för att få dialys, hade du alltid ett foto av Thomas med. "Mitt tröstkort" sa du. Bilden av honom följde dig vart du gick - till dialysen, framför TV-n på kvällen.

   Fotot stod på hyllan ovanför din säng då du levde dina sista månader på hospice.

27

© Lena Deimo

LENA DEIMO

Efter många års flackande har jag återvänt till mina norrländska rötter. Skapandet av bilder har varit min huvudsakliga sysselsättning innan jag kände att bildskapande också kan ske i ord. Den fria dikten är mitt främsta intresse men också prosa med drag av poesins språk. Jag hämtar inspiration från natur och djur.

Publicerade verk:
Rapport från Hundhimlen, eget förlag 2011
Där glasfiskarna sover, diktsamling, eget förlag 2012
Mörkrets byar, diktsamling, Akfeo förlag 2016
En fjällsaga kommer hösten 2017, Jengel förlag

Antologier:
Ordväv, Skrivande kvinnor i Jämtland
Fri Haiku, Östasieninstitutet 2009
181 dikter till Tranströmer, Tolvnitton förlag 2011
Poesi 10.0 , Tolvnitton förlag 2013
Poesi mot rasism, Tolvnitton förlag 2014
Novellen *"Mysteriet i Rosåsen"* i antologin *Skrivmaskinen* 2016
Novellen *"Komma hem"* i antologin *Orter och ställen* 2016

Medlem i Författarcentrum Norr

VID MINNESLUNDEN

Hon sa alltid
att hon älskade
fågeldräkter
kanske är det
hennes vingpennor
som söker sin skrift
på stenens kalla hud
 med vattnet
som ett pärlande dok
över svärtan

© *Lena Deimo*

jag vet inte

men jag ser träden
öppna famnen för sina långväga gäster
en festklädd skata
en talgoxes gula bröst
och en domherres
vemodsvisa

30

KÖLD

Stillbilder
av fåglar
med sammanpressade vingar
ljuset sjunker
i entoniga psalmer
när vithet blandas med vithet

jag får inte glömma
att andas
när ljuden knäcks
som spröda grenar

© Lena Deimo

VINTERTANKAR

När kråkan
intar sitt väntrum
det översta, kala och grå
smyger timmarna osedda
ner till kvällens hamn

och jag hör
mitt hjärta
i sitt borums djupa håla
svara dovt och stilla
att han får komma in

31

URFÅGEL

Den har landat
som en urfågel
i ett landskap
där den inte hör hemma

där den inte längre
hittar föda
i sommarljusets blomrike

© *Lena Deimo*

Men med tiden
karvas en glipa
i sprucken hud

där ljuset silar in
och de gamla
ler i sina grottor
långt bortifrån

ÖGAT

Där simmar kvällens myrar
under sjunkande stjärnbilder
ner i iris ogripbara spegelvärld
tecknar kartor
med spröda linjer

Där i den mörka pupillen
har hjulet sitt nav
mellan oavbrutet rullande ekrar
splittras ljuset
av dagarnas brus

SÖKA SIG HEM

Som albatrossen
seglar ut över oceanerna
där himlakropparnas
magnettrådar
ränner som fångstnät
i vinden
för att finna lyftkraft
åt sitt vingspann

söker jag
de stormigaste vattnen
med kompassen
oroligt tickande inombords

och hela tiden
har ön väntat där ute
återfunnen i ett annat hav

som en ut och invrängd rock

TILL DE VILSE

I ensamhet är de klädda
som annat gammelfolk
ett fårat gråfolk
med rötterna djupt
i minnet

en och en vill de inget annat

än att stå försjunkna
i sig själva
men tillsammans formar de magi
att beröra med trollhand

och älvslöja

och du hittar stigar
in i ett myllrande mörker
som du inte kände till
men drömt om
någon stormig natt

©Lena Deimo

VILSE -MINNE

Det var inte så att det var han

som förlorade greppet om livet

det var livet som trängde sig på

med skuggspel utan ansikten

åratal lagda i byrålådor

hopvikta till förbjudna plagg

MINNESVÄV

Kvinnorna på trappan
fast förankrade
i varpbommens trådar

i trygghetslinorna
som hindrar fallet
från berget

den uniformsklädde
mannen
vid järnvägsspåret
flätar sin tid
mellan järnvägsspårets växlar
och tramporna i vävstolen
som höjer och sänker
varptrådarna
i minnesbankens täta väv

jag hör hur bommen
slår in mönstret
i identitetens brokighet
och tågen som växlas in
på bangården

VIDRÖRD

Barnet
med kronchakrat öppet
vidrörd av himlen

sluter sig skölden
och glömskan
runt fontanellens sköra hud

tills den vita björnen
visar sig
i forsens skum

den vita renen skimrar
i kvällsljuset
och bopålarna viktlöst flyter
ut i obruten mark

då blottas huvudsvålen
öppnar den ännu en gång
för ett nytt språk
en annan vishet

Vidrörd

© Lena Deimo

VÄNTA I HAMNEN *Assarinas dikt*

En efter en
som fria vågor
utåt och iväg
reste de över
horisontens brant

Först som en aning
om tidvattnets
kraft och rytm
Jöns den äldste
och duktiga Maria

Christina och Nicolina
de arbetsamma
ihärdiga
packade sina förkläden
och bästa kängorna

*Assarina min mormors
farmor dog 1882 i Wilcox,
USA*

och segeln slog
som lakanstvätt
på rad

Anders som ivern
drev på äventyr
fast hennes hjärta
kurade som en våt hund
i gråvatten
och tveksamt kvällsljus

38

och till sist
Ola den duktige smeden
och Anna den milda
en septemberdag
när hösten kom som drivved
till hennes stuga
i hamnen

Åren flöt i vattnet
ville inte simma
mot himlen
men en mild junidag
samlades alla vågor
kring det stora fartyget
och förde henne bort

och seglen slog
som leenden
i vinden

© Helene Johansson

CHRISTINA BROOMÉ

Jag bor i en liten by i Krokoms kommun. Skrivandet har alltid funnits där ända sedan jag var så liten att jag fick diktera för min mamma vad det skulle stå, då jag ännu inte kunde skriva. Under många år fick skrivandet stå tillbaka på grund av tidsbrist men efter att jag gått i pension fick jag äntligen tid och möjlighet att ta upp tråden igen. Jag gick flera skrivarkurser och det är något som jag varmt kan rekommendera alla som är intresserade av författande att göra.

På webbsidan *Kapitel 1* utsågs jag som en av vinnarna av deras novelltävling 2013. Jag har dessutom haft nöjet att få medverka i flera novellantologier vilket jag tycker är väldigt trevligt. Förutom novellskrivandet har jag färdigställt ett romanmanus vilket jag hoppas att snart kunna gå vidare med.

Jag har också lärt känna en stor grupp skrivande människor, främst här i Jämtland och mötet med dem har varit både givande och utvecklande. Att skriva är för mig oerhört stimulerande och det är något jag absolut kommer att hålla på med resten av mitt liv.

Publicerad bl.a.

Novellen *"Elsas dilemma"* i antologin Skrivmaskinen 2016

41

EVALD

Skorna hängde i jämnhöjd med hennes ögon. Det var dunkelt i det stora rummet. Svagt ljus silade in genom det smutsiga takfönstret men tillräckligt för att hon skulle se allt väldigt tydligt. Ett par mörkblå träningsskor. Evalds skor. Hon kände igen dem. Höger klack hade snedsliten utsida. På den vänstra hade knuten på skosnöret gått upp och de båda snörstumparna hängde rakt ner. Hennes blick följde sakta byxbenen som växte upp ur skorna, upp mot kavajen och ovanför den ett oformligt mörkrött ansikte med ett hårt åtdraget rep kring halsen. Rädsla och äckel vällde upp inom henne. Hon snurrade runt och rusade därifrån utan att se sig om. Rusade ner för trappan från den gamla torkvinden och in till sin mamma som stod där helt lugn i köket. Snyftande och osammanhängande försökte hon berätta om Evald. Om vad hon hittat på torkvinden.

Bårbilen var svart. Hon stod med näsan tätt tryckt mot köksfönstret och såg hur de sköt en övertäckt bår in genom bilens öppna bakdörrar. Dörrarna slogs igen med en smäll och sedan for de iväg. I lägenheten var det tyst. Varken mamma eller pappa sa någonting om det som hänt. Hon hörde sin mammas kvävda snyftningar om kvällarna och hur de talade mycket med varandra då de trodde att hon sov, men dagarna var tysta. En dag satte mamma sig ner med henne vid köksbordet. Hon talade sakta och med sorgsen röst. Förklarade att det här med Evald, det var något som inte angick andra. Det skulle hållas inom familjen. Ingenting man berättade för någon. Att Evald hade hängt sig var en sorg och en skam för familjen. De borde ha hjälpt honom i tid. Borde ha märkt att något inte var bra. Att han mådde dåligt igen, men det hade de inte gjort. Åtminstone hade inte hon, mamma, märkt något och det borde en mamma göra. Hon skämdes över det. Att Evald ofta hade försvunnit långa perioder utan att hon riktigt hade tagit reda på varför. Evald sa bara att nu var han deppig igen. Han reste iväg utan någon närmare förklaring om vart han skulle eller varför men kom alltid tillbaka efter en tid. När han kom hem igen verkade han vara sitt gamla vanliga jag. Så hade alla uppfattat det. Ingen hade trott att han mådde så dåligt att han funderat på självmord. Efter samtalet där vid köksbordet sades aldrig ett ord om Evalds död igen. Fotot på honom som stått i sin ram på spegelhyllan i hallen försvann en dag strax därpå. Ingen kommenterade att fotot var borta Det var som en tyst överenskommelse mellan dem alla att nu var Evald för alltid borta.

* *

Äntligen började solen värma. Det droppade från taken och alla vägar var snöfria. De stora smutsvita fläckarna på fälten krympte allt mer för varje dag och björkarna började få små gröna musöron. Karin tog en mugg med kaffe och en liten kaka med sig till ett ledigt bord. Hon väntade tålmodigt på Marie som var sen som alltid. Karins kaka var slut och halva muggen urdrucken innan Marie dök upp.

– Ursäkta. Sen som vanligt men det är så stressigt på jobbet just nu. Vi har överbeläggning på varenda avdelning. Visserligen är det bara vår än så länge men folk har redan börjat ta ut sin semester och det märks på bemanningen. Det går bara inte att rusa iväg hur som helst. Du har redan fikat ser jag. Ska du inte ha en påtår?

Utan att invänta svar gick hon bort till disken för att köpa sitt kaffe och en bulle. När hon satt sig gick Karin och fyllde på sin mugg. Marie tog en stor tugga av bullen. Karin betraktade henne.

– Borde du inte ha köpt en smörgås i stället om du är så där hungrig?

Marie nickade.

– Jo, faktiskt. Jag tror jag köper en macka. Du har rätt. Jag är jättehungrig. Hann inte äta på lunchen.

Karin skakade på huvudet.

– Du kommer satt få magsår om du fortsätter att missköta dig så där. Det borde väl du veta som är sjuksyrra. Marie gick bort till disken igen och återkom med en skinksmörgås. Hon satte sig och fortsatte prata.

– Var glad att du har kontorsjobb. Det är säkert lugnare och framför allt inga blinkande lampor som piper och pockar på din uppmärksamhet hela tiden.

– Ja du, kontorsjobb har också sina stressmoment. Under semestrarna märks förstås personalbristen också hos oss. Det är inte någon som tagit semester ännu på min avdelning men det kommer väl snart. Ingen pipande och blinkande lampa, nej det är sant, men ibland kan det vara nog så jobbigt att prata med griniga och irriterade kunder i telefonen. Jag förstår naturligtvis att mitt jobb inte går att jämföra med det ansvar du har på ditt. Det får ju inte bli fel med mediciner och så där.

Marie torkade av munnen med servetten innan hon började berätta.

– I dag hade vi inte mindre än två patienter som avled på förmiddagen. Ja en har nog dött under natten. Han hittades tidigt i morse. Den andra dog under mitt skift. De var mycket svårt sjuka båda två så det var inte oväntat men ändå. Det blir alltid extra jobb kring dödsfall. Pappersjobb och man ska få tag på anhöriga för att meddela dem. Ingen trevlig uppgift men det måste göras. Sedan koppla bort alla maskiner, snygga till kroppen och ordna med någon som kommer och hämtar så småningom. Nåväl, allt det där hör jobbet till men man vänjer sig aldrig vid att folk avlider. Vårt jobb är ju tvärt om att få patienterna friska eller så friska som möjligt. Har du sett någon som är död? Varit med om att ta hand om någon avliden? Döden är så definitiv. Obeveklig.

Tanken på Evald for snabbt förbi precis som många gånger förr.

45

Skorna som svävade där i ögonhöjd. Den omkullfallna pallen som skymtade i ögonvrån. Skosnören som hängde rakt ner. En snedsliten klack. Bilden försökte tränga sig fram men hon tryckte snabbt bort den igen.

Marie skakade på huvudet som svar på frågan.

– Nej. Inte vad jag minns. Det kan inte vara en särskilt trevlig syssla, det förstår jag. Det är nog trots allt lugnast på ett kontor.

Marie tittade forskande på Karin.

– Det där att de en som är död har du kanske varit med om tidigt i livet, långt innan du började jobba på sjukhus? Hade inte du en bror som dog? Vad var det han hette nu igen? Du var väl inte så gammal? Jag kommer ihåg honom svagt. Visst hände det då ni bodde uppe på Blomängen? I det där gamla huset som är rivet nu? Vad var det som hände honom egentligen?

Karin tittade upp från kaffemuggen.

"Vi berättar inte det här för någon. Det ska stanna inom familjen." Mammas röst ekade långt där inne.

– Ja det stämmer. Det var då vi bodde där. Evald. Han hette Evald. Minns inte så hemskt mycket av honom eller vad som hände. Han var mycket äldre än jag och borta långa perioder. Varför han var det vet jag inte riktigt.

Inom sig lät hon tankarna löpa. "Det sista är faktiskt sant. Jag fick aldrig någon förklaring på varför han var borta." Högt fortsatte hon.

– Jag minns bara att det kom en stor svart bil och hämtade honom. En bårbil sa mamma. Jag såg honom inte då de bar ner honom. Båren var övertäckt.

Marie nickade.

– De gör ju så, sveper in den döde. Var glad i alla fall att du slapp lindrigt undan. Att se någon som är död när man är liten kan sätta spår för hela livet. Förstår egentligen inte heller varför folk släpar med sig småbarn på begravningar. Helt onödigt om du frågar mig. Tids nog begriper de och då kan de få bestämma själva om de vill gå eller inte.

Karin blev tankfull. "Det kan sätta spår för livet, det är sant. Särskilt när det är något man inte får prata om."

– Värst vad du ser frånvarande ut. Tänker du på din bror?

Marie log. Karin log tillbaka.

– Nej, jag bara tänkte på den där gamla kåken vi bodde i. På den stora torkvinden längst upp i huset där jag brukade gömma mig då vi lekte kurragömma. Att den var ganska otäck egentligen. Mörk och skrämmande. Nu är det många år sedan och stället är rivet tack och lov. Torkvinden är borta. Jag tror jag ska hämta en kaffeskvätt till och sedan kanske vi kan prata om något trevligare än döingar? Vill du också ha mer kaffe?

47

STRÖMAVBROTT

Det började så sakta att skymma. Om några timmar skulle kvällen övergå i natt. Borta vid vardagsrummets kortvägg stod Tv:n och malde för sig själv. Det fanns inget program som lockade henne att sätta sig ner och titta, men det fanns en slags trygghet i att höra röster som talade. Ljudet var nerskruvat så mycket att hon inte kunde urskilja vad personerna i rutan sa men det slog hål på tystnaden och tystnad var något hon undvek.

"I morgon måste jag gå ner till affären igen. Jag måste ut och se andra människor. Här kan jag bara inte sitta dag ut och dag in." Hon gick ut i köket och öppnade kylskåpet. Hyllorna var välfyllda och det fattades ingenting. Kylskåpsdörren gled igen med sitt svagt sugande ljud. Torrskåpet fick också en noggrann inspektion. Efter någon minuts funderande skrev hon lättad "makaroner" på en papperslapp som låg framlagd på fönster-bänken." Jag kommer säkert på något mer i morgon." Hon kände sig bättre till mods vid den tanken.

Den här dagen tyckte Karin att tiden gick sakta. Dagarna var så olika. En del gånger var det riktigt skönt att vara ensam. Att ta dagen som den kom och inte känna sig tvungen till något särskilt. Andra dagar var saknaden efter hennes älskade Erik som gått bort två år tidigare tung att bära. De gångerna fick hon bita ihop och försöka se framåt. Se positivt på vad livet ändå hade gett henne och hur bra hon faktiskt hade det här i sitt fina lilla hus med sin vackra trädgård. Med en suck över sina tankar satte hon sig ner på en köksstol. Hon tittade fundersamt på korsordet i veckotidningen som låg utbredd framför henne på bordet. Korsord älskade hon och tyckte att de var en bra gymnastik för hjärnan. Hon såg upp ett ögonblick och letade i minnet. "Hittade igen", 8 bokstäver. Efter en stund skrev hon *"återfann"* i de åtta tomma rutorna. Nu fick hon ett "t" och det kunde passa för ett lodrätt ord med 6 bokstäver där nyckelordet var "nutida" Där skrev hon *"aktuella"* och se, nu kunde hon fylla i *"natta"* för "lägga barnen". Nöjd med det hon åstadkommit lutade hon sig tillbaka och sköt ner läsglasögonen en bit längs näsryggen för att kunna se över dem och ut genom köksfönstret. Landsvägen låg öde. Så här sent på eftermiddagen hade det börjat mörkna ordentligt och inte en enda människa syntes till. Allt var tyst så när som på en och annan bil som for förbi. Hon lät tankarna komma och gå som de ville. "Om det kunde hända något spännande ändå, men här händer det nästan ingenting."

Plötsligt gick strömmen och hela köket blev mörkt. Hon stannade mitt på golvet, stod still några minuter och lät ögonen vänja sig vid dunklet. Sakta tonade konturerna av köksbordet och diskbänken fram och hon kunde röra sig bort mot skåpet där ficklampan fanns. Med hjälp av den skarpa ljuskäglan letade hon rätt på några stearinljus och ljusstakar. Fyra, fem värmeljus i sina små vackra hållare gjorde att köket faktiskt började se riktigt stämningsfullt ut. Hon såg ut genom fönstret och granskade grannens hus. Det var lika svart hos dem och inga gatlyktor lyste upp landsvägen längre. För säkerhets skull kastade hon även en blick ut genom hallfönstret och såg att grannhuset åt andra hållet också var helt nedsläckt. Det kändes nästan skönt att det var ett allmänt strömavbrott och inget fel på just hennes hus. Visst kunde hon sköta om säkringarna i elskåpet men sådana saker hade tillhört Eriks sysslor då han levde och ännu kände hon sig inte riktigt hemma med att sköta dem själv.

Korsordstidningen slog hon ihop. Vek ihop glasögonen och lade dem på den hopvikta tidningen. Sedan satte hon sig att vänta. "Så irriterande. Otroligt egentligen så beroende vi alla är av allt fungerar som det ska. Rinnande vatten, elektricitet och en varm bostad. Undrar om det är någon idé att ringa elbolaget? Det är naturligtvis massor av folk som ringt redan och jag hamnar förmodligen bara i en lång telefonkö." En obestämd, krypande rädsla började ge sig till känna inom henne men hon bestämde sig för att inte släppa fram den obehagliga känslan. "Det går ändå inte att göra mycket åt saken. Bäst är väl att bara vänta tills felet är åtgärdat." Tursamt nog var det inte särskilt kallt ute även om det hunnit bli sen höst och den första snön redan lagt sig. Elda i vedspisen i köket hade hon redan fått lov att göra i flera veckor och nu gick hon över till den för att lägga i ytterligare några vedklabbar. "Det går verkligen ingen nöd på mig så länge jag har spisen som håller huset varmt och som jag kan laga lite mat på." Tanken gjorde henne genast lugn och på bättre humör.

Plötsligt ringde det på dörren. Med ficklampans hjälp gick hon ut i hallen och öppnade. Utanför stod en ung kvinna som också hon bar på en ficklampa. Det var Jenny som bodde tre hus längre bort längs landsvägen.

– Hej Jenny.

Karin log vänligt mot sin granne.

– Hej Karin. Jag såg att det lyste svagt i ditt köksfönster och då förstod jag att du var hemma. Hos mig är det också kolsvart förstås och jag är litet mörkrädd. Har du något emot att jag väntar här hos dig tills strömmen kommer tillbaka?

Utan att invänta svar stampade hon av sig snön, steg in i hallen och släckte sin ficklampa.

– Bäst att stänga innan all värme försvinner.

Jenny log och drog igen ytterdörren efter sig. Karin slog ut med handen i en inbjudande gest.

– Kom in du och häng av dig bara. Så trevligt att du tittar in. Det är alltid roligare att vänta då man har sällskap. Nu ska vi ha oss en kopp kaffe. Jag kokar vatten på vedspisen. Ja, det får bli pulverkaffe för perkolatorn går förstås inte att använda. Går det bra med pulverkaffe? Några kakor ska jag väl också kunna hitta trots mörkret.

Jenny log tacksamt.

– Det går finfint.

Karin satte en liten kastrull med vatten på vedspisen och lade i ytterligare ett par vedklampar. Kaffekopparna kom fram och med hjälp av ficklampan hittade hon också en brödkorg och några kakburkar i skafferiet. De slog sig ner vid köksbordet i väntan på att vattnet skulle koka. Karin märkte att obehaget som hon nyss hade känt var som bortblåst och hon klappade Jenny litet lätt på handen innan hon reste sig och hämtade kastrullen. Hon försökte sig på några tröstens ord till sin gäst.

– Riktigt mörkrädd brukar jag aldrig bli själv, tack och lov. Det måste vara obehagligt att känna så.

De drack sitt kaffe under några minuters tystnad.

Jenny såg sig omkring i det svagt upplysta köket. På de små värmeljusen på köksbänken och det tjocka, röda blockljuset som stod mitt på köksbordet.

– Så stämningsfullt du fått det med alla levande ljus. Rena julafton.

Karin nickade instämmande

– Det behövs ju egentligen inte mycket för att få det lite mysigt.

Jenny lät höra en lättnadens suck och lutade sig tillbaka mot köksstolens ryggstöd.

– Jag känner mig i alla fall betydligt tryggare nu.

Karin fyllde på i Jennys kopp innan hon svarade.

– Konstigt egentligen, att det ska behövas en sådan här liten naturkatastrof för att man ska ta sig tid att ta en kopp kaffe tillsammans. Hur många år har vi varit grannar egentligen?

Jenny såg tankfull ut.

– Ja, jag köpte mitt lilla hus och flyttade hit för sisådär tio år sedan.

Karin tittade tankfull ut genom fönstret, sedan såg hon åter på Jenny.

– Det här var Eriks föräldrahem. När han gick bort för två år sedan hade vi bott här i precis tjugofem år. Sedan en tid tillbaka har jag börjat fundera på att sälja hela fastigheten. Den är visserligen betald, så ekonomiskt är det absolut inte betungande men den börjar bli litet jobbig för mig att sköta själv. Kanske ska jag börja se mig om efter en liten lägenhet inne i stan där jag kan ha det bekvämt nu när jag börjar bli lite till åren.

Plötsligt tändes lampan ovanför diskbänken och de små lamporna i vardagsrummet. Strömmen var tillbaka och den litet trolska stämningen försvann genast. Ett svagt knäppande hördes från elementet i hallen och kylen surrade igång med ett svagt brummande. Lättade såg de båda kvinnorna på varandra. Jenny tog en sista klunk av kaffet, tackade för sig och gick hemåt. Innan de skildes åt kom de överens om att de absolut skulle ses någon gång då och då. En kopp kaffe och lite småprat skulle vara trevligt för dem båda, inte bara då det blev strömavbrott.   Karin såg efter Jenny genom fönstret tills hon försvunnit bortom stugknuten. Hon slog sig ner vid köksbordet, slog upp korsordssidorna i veckotidningen och satte på sig läsglasögonen igen. Hon log för sig själv. "Ljusen får brinna en stund till. Litet mysigt är det allt med levande ljus, även om strömmen är på.

© Lena Deimo

ANNIE FORSBERG

Jag heter Annie Forsberg och är född på femtiotalet. Mina stora intressen har alltid varit hundar, medeltid, sagor och myter. Som ung skrev jag mycket, både historier och poesi, men sedan kom jag att ägna mig åt andra konstarter som bildväv, glas, och träreliefer. Ja, allt som gick att skapa bilder och skulptur av.

Men tanken på att börja skriva igen har alltid funnits där i bakhuvudet och för några år sedan gjorde jag slag i saken. Dels arbetar jag på novellsamlingen "Älskade hunddjävlar", men också en del självbiografiskt material samt en längre berättelse om unga äventyrare i en främmande värld. Jag njuter lika mycket av att skapa bilder i ord som i andra material!

BARNDOM

2 år

Hon är två år och hennes mor har just lämnat henne
ensam på barnhemmet och gått. Hon har bott där på
hemmet i flera veckor och mamman har kommit och
hälsat på henne någon gång i veckan. Varje gång
mamman kommit så har flickan verkat glad och
tillfreds, men när mamman gått… Då kryper hon
under sängen och gråter ut sin förtvivlan. Men så ung
hon är så vet hon redan att mamman måste skyddas.
Mamman får inte veta hur hemskt det är.

*

 Ett halvmörkt rum. Långa bord och tomma sittplatser, ©Lena Deimo
bara flickan sitter ensam kvar i matsalen. Framför henne står en tallrik med
kall välling där några russin flyter omkring. Hon petar försiktigt ut russinen
och äter upp dem, äcklad av smaken av välling. Tallriken verkar bli större
och större och hon får inte lämna sin plats förrän vällingen är uppäten.
Rummet känns gigantiskt, taket tycks komma längre och längre bort, de
dinglande ljusgloberna försvinner i mörkret där uppe. Allt känns
skrämmande, tröstlöst. Bordet, stolarna, tallriken, allt tycks växa i storlek,
men barnet blir mindre och mindre. Två år och ensam.

3 år

Hon är tre år och hennes mor och hon får tillfällig bostad hos en gammal vän. Mannen har en handikappad fru som han tar hand om. Alla beundrar honom, tänk att en man själv tar hand om sin sjuka hustru! Mamman är så tacksam över att få bo i vindsrummet för vart ska hon ta vägen, utan arbete som hon är och bostadslös. Hennes egen familj vill inte veta av henne, ingen hjälp från det hållet. Hon hjälper till i hushållet och drömmer om att nu ska allt ordna sig.

*

Barnet gråter inombords. Hon tycker inte om när mannen tar henne på de där ställena. De hemliga ställena. Hon vet redan att det är fel, förbjudet. Men vad ska hon göra? Mamman måste skyddas, hon får inget veta.

6 år

 Hon är sex år och hennes mor och hon bor hos en gammal pensionär. Mamman jobbar som hushållerska, tar hand om den gamle handikappade gubben och sköter hushållet. Barnet har fått en del kamrater i trakten men leker ofta ensam. En dag berättar mamman en hemlighet för henne: Hon ska få ett syskon. Flickan blir så glad att hon tror hon ska gå sönder. Ett syskon! Hemligheten är så gigantisk, hon känner sig som en ballong som svävar mot skyn. En fågel. En dag kan hon inte längre vara tyst utan berättar viskande

Hemligheten för sin bästa vän. Den jämngamla kamraten berättar för sin mor och sedan sprider sig Hemligheten över byn. Plötsligt vet alla.

*

Flickans mor blir tvungen att flytta från den gamle pensionären, som ju inte vill ha en sådan kvinna i huset. Modern vänder sin ilska och förtvivlan mot barnet som förrått henne. Aldrig kommer hon att förlåta dottern, eller låta henne glömma vad hon gjort.

7 år

Hon är sju år och har en lillasyster. Mamman, hon och systern bor hos systerns far, en hemmansägare på trakten. Han är ingen snäll man och både han och mamman använder hemska ord. Skriker ut dem mot varandra. Flickan vill inte höra, håller för öronen och springer ut. Hon har många kamrater, tillsammans utforskar de skogen och ån. De får inte vara vid ån, men ingenting hemskt händer så det är nog inte så farligt. En annan populär lekplats är det upplag av sliperstockar som finns på en gård i närheten. Sliprarna ligger staplade som torn, kanske tre meter höga. De får naturligtvis inte vara där men vem kan motstå lockelsen att klättra på travarna? En dag slinter hon och faller ner från översta höjden. En sliper, två och halv meter lång och vägande åttio kilo, faller ner tillsammans med henne och slår i hennes ben. Lyckligtvis träffar stocken benet längs med och inget bryts. Försiktigt stödjande på det illa blåslagna benet linkar hon hem. Hemma låtsas hon som ingenting och lyckas dölja benet för sin mor de veckor som det tar för de enorma blåmärkena och svullnaderna att försvinna. Mamman får inget veta, hon kan bli upprörd.

*

Några månader senare blir hon biten i ryggen av en av gårdens hästar. Ett stort sår uppstår, men inte heller detta visar hon sin mor.

9 år

Hon är 9 år och ska börja i tredje klass. Mamman, hon och lillasyster flyttar från lillasysterns far och kommer nu tillbaka till den gamle vännen. Vännens handikappade fru har avlidit och han har plats för den lilla familjen i sitt hus. Mamma är så glad, hon ska gå en utbildning i den närbelägna staden och hoppas kunna försörja sin familj bättre i framtiden.

*

Det är första skoldagen. Mamman har inte tid att följa med så flickan får ensam åka till den nya skolan i staden. Hon står på skolgården och tittar på den stora byggnaden i sten och rött tegel. Hög och skrämmande tornar det upp sig över henne. Hitintills har hennes skolgång ägt rum i ett litet gult trähus på landet, tre klasser i varje skolsal, väsande orgel och bordsbön före maten. Ensam står hon nu och tvekar. Sedan samlar hon sitt mod och går fram till skolans ingång. Det kryllar av barn, många större än hon. Flickan följer med strömmen in och blir sedan stående, tårarna är nära. En lärare ser den ensamma flickan och visar henne vart hon ska gå. Utanför klassrummet står hela klassen uppradad i storleksordning. Hon är kort och placeras näst längst fram i ledet. Sedan marscherar alla in i rummet och sätter sig. Hon har börjat trean.

*

Efter skolan är det två timmar innan bussen hem avgår och hon går runt i staden och ser på allt främmande. De glittrande varuhusen lockar mest och hon, som nästan aldrig besökt en stad tidigare, känner sig som i himlen. När bussen kommer åker hon hem. Huset de bor i ligger på landet utanför staden och det är en bit att gå från bussen hem. Hon går sakta, hemma väntar Han. Han har fortsatt att ta på henne, fast hon inte vill. Men huvudsaken är att mamman inget får veta, hon skulle bli ledsen. Mamman har inte så många vänner. Och förresten har flickan vant sig. Lite.

12 år

De har fått en egen lägenhet i en annan stad. Så härligt att få vara ifred, trygg. Men så blir mamman sjuk och måste läggas in på sjukhus. Mamman ordnar så att flickan ska bo hos den gamle vännen en vecka. Flickan protesterar, gråter, vill inte, men ger sig till slut. Hon kan ju inte berätta för sin mor varför hon inte vill. Mamman vill att hon ska åka dit, och en vecka ska hon väl stå ut. Hoppas hon. Hon vill inte bråka, mamman är sjuk och blir så lätt upprörd. Sin vana trogen försöker hon skydda sin mor.

*

Veckan var oändlig, hemsk, skrämmande, vidrig. Men äntligen är hon hemma igen. Hon sitter vid frukostbordet med sin syster och sin mamma. Det är härligt, ombonat, tryggt. Plötsligt ser mamman på henne med hårda föraktfulla ögon och säger "Tror du inte jag vet vad ni har för er. Tänk om du blir med barn!" Tiden står stilla, dånar, vrider sig. Flickan ser på sin mor som om hon aldrig sett henne förut. Magen, kroppen, själen fylls av sorg, sedan vrede. Modern, som hon i hela sitt liv försökt skydda, har alltså vetat. Sorgen över det enorma sveket fyller henne och hon ser på kvinnan mitt emot sig vid bordet. Sedan reser hon sig upp och går därifrån. Barndomen är över.

Utdrag ur novellsamlingen "Älskade hunddjävlar!"

GEORGE, ELLER EN MÖRK OCH STORMIG NATT ...

Det var en mörk och regnig novemberkväll i norra Wales. Jag hade varit ut i stallet och utfodrat för natten, och nu gick jag min vanliga kvällsrunda i slottets mörka förfallna salar för att se att inga obehöriga tagit sig in under dagen. Jag mindes med obehag hur vi några veckor tidigare hittat tre luffare i ett vindsrum. De hade tagit sig in över taket och det såg ut som om de hade bott där åtminstone några dagar. Tack och lov hade jag inte varit ensam den gången, men det hade ändå varit otäckt.

Nu var jag dock helt själv, förutom hundarna George och Kay. George var en jätte till hund men gammal och stel. Nyligen hade han fått en stroke och bakbenen släpade lite när han stapplade efter mig nerför korridorerna. Kay var en ung blandrashund, lite åt beaglehållet. Ingen av dem var något att ha som försvar, men det var ändå sällskap. En sak hjälpte de mig dock med. De flesta rummen i slottet var helt tomma och på kvällsrundan brukade jag gå in i varje rum, lysa med ficklampan för att vara säker på att ingen var där och sedan gå till nästa. Hundarna följde med, nosande lite här och där och var allmänt lugna. Men plötsligt kunde båda två tvärstanna i dörren till ett rum, morra och ragga. Jag brukade då lysa för att se att det såg tomt ut, men undvek nogsamt att sätta en fot över tröskeln. Talade hundarna om att det var farligt så trodde jag på dem.

Den här kvällen hade vi kommit ungefär halvvägs på vår runda när jag råkade titta ut genom ett fönster som vätte mot havet och den långa uppfarten till slottet. Det var mörkt ute men jag kunde se sex, sju lysen som rörde sig nere på vägen. Jäklar, motorcyklar! Jag ville absolut inte ha besök av något motorcykelgäng. Visst hade jag kunnat gömma mig men tänk om de brände ner stället. Och djuren i stallet …

För ett ögonblick fick jag panik sedan tänkte jag att det får gå som det vill, jag får försöka köra bort dem! Sagt och gjort. Först stängde jag in Kay så att hon inte skulle vara i vägen. Sedan tog jag George i halsbandet och gick ut på borggården. Efter en stund dånade sex motorcyklar in genom valven, mörka gestalter parkerade och kom gående mot slottet. Jag var livrädd men det fanns inget val. Med ett ordentligt tag i George halsband, så att han inte skulle ramla omkull, tände jag min kraftiga ficklampa och röt att de var på privat område. Som jag stod så kunde de inte se mig bakom ljuset utan bara ett gigantiskt svart hundhuvud som stirrade på dem. Jag försökte göra min röst så myndig som möjligt och bad dem försvinna. Några sekunder var allt tyst sedan vände alla sex och gick tillbaka till sina fordon. Tack och lov, de hade väl aldrig kunnat tro att jag var ensam där med en halvdöd hund.

Ljudet när de gasade iväg nerför vägen var bland det bästa jag hört.

Med skakiga knän gick jag tillbaka upp i slottet, släppte ut Kay och fortsatte rundturen. Ännu en kväll på slottet.

©Lena Deimo

ANITA KARLSSON

Jag bor i Östersund, men är född och uppvuxen i Bräcke. För mej är skrivandet en del av mig. Och det första jag skulle välja om jag hamnade på en öde ö är nog papper och penna. Och för att skämta till det lite, en flaska också att sända flaskposten i.

När jag gick skola lärde jag mej att en mening inte fick börja med ordet *och*, eller rättare sagt; *Och*. Det har nog blivit mitt signum att i mina texter börjar meningar ofta just så. Kanske för att någonstans inom mej finns en rebell som vill göra som hon vill. Och vetskapen om att vi lever i ett demokratiskt, fritt land och har rättighet att uttrycka oss fritt och som vi vill.

För mej är skriva att må bra, och mår jag inte bra, så är skrivandet ett sätt att skriva mej till att må bättre.

Och jag vill ge ett skrivtips. Ta ett vackert block och en penna som är skön att skriva med. Eller öppna datorn. Skriv tre saker varje kväll som ni varit tacksamma för den dagen. Läs igenom någon gång då och då och inse att livet är ganska fantastiskt.

ANTIKVARIATET

Det var egentligen den vackert snirkliga guldtexten som fångade mitt intresse. Den liksom lekte sig över den mörkt blåtonade rutan. Först var det svårt att urskilja enskilda bokstäver ur mönstret som mest liknade en skör spindelväv.

Efter en stund trädde texten fram och det var svårt att se att den nyss liknade en väv. Spindelväven kom inte tillbaka hur jag än ansträngde min syn, för nu stod där klart och tydligt "Antikvariatet Livets Bok".

En liten pingla förkunnade att dörren öppnats. Som en liten silvermelodi spelade den till när jag gick in.

Av värmen immade mina glasögon igen. En lång stund var allt mjölkvitt och jag stod alldeles stilla. Lät doften av böcker fylla mina näsborrar, lät värmen tina upp mina kalla fingrar och kinder. Kände hur de snöflingor som fastnat i mitt hår försiktigt smälte. I mina öron hördes knastret av en brasa, sedan den lilla klockans melodi klingat av.

Sakta, sakta lät imman mig se igen. Lite tonat, med frostad kant först, innan värmen fick mina glasögon klara igen.

Rummet framför mig var smalt och avlångt, med höga vitor hyllor längs väggarna, fyllda med böcker. Mitt på golvet stod en stor fåtölj i turkost, med lite slitet tyg som fransat sig på armstödet. Mitt hjärta tog ett skutt, precis vad jag alltid hade önskat mig, en engelsk läsfåtölj, till och med min älsklingsfärg.

Bordet som stod bredvid var vitt, saknade lite färg på de avskavda benen men hade utan tvekan sin charm. Ljuset som stod i en silverstake var nytänt och lågan brann högt och klart.

Det tog en stund innan jag upptäckte den gamle mannen. Han stod böjd vid den öppna spisen. Han nickade nästan oförmärkt, strök sin ena hand genom sitt vita hår och med den andra fingrade han på en stor nyckel som hängde i en kedja runt hans hals. Han mötte min blick med de klarblåaste ögon jag någonsin sett. De fick mig att associera till en klar höstdagshimmel.

"Välkommen", sa han. "Ja, du finner själv vad du söker". Han böjde sig fram mot brasan och lade in ytterligare en björkvedsklabbe.

Nu när mina glasögon inte var igenimmade, lät brasan dämpad, hördes knappt längre.

"Vad sökte jag?" Jag smålog för mig själv. Det var ju det vackra skyltfönstret som lett mig hit. Eller var det inte det?

Medan jag sakta började gå motsols i rummet, lät jag handen stryka över böckernas ryggar. Några var nästan nya med glatt, blankt omslag. Andra med mjuka skinnpärmar. Avskavda kanter blandades med prydliga. Några så stora att de fick ligga ned, inkilade ovanpå de andra lägre med hyllan ovanför som ett tätt omslutande tak ovanför.

Så många tankar som formulerats, som bäddats in bland böckernas blad. I mitt bröst växte en känsla av något obestämbart. Det fyllde mig från bröstbenet, letade sig ut längs mina armar. Spred sig som en värme över skuldrorna, som en svag pirrning i min nacke och lade sig slutligen som en värmande basker över mitt huvud.

Titlarna på böckerna var som glimtar ur en film, jag lät dem rulla förbi min blick. Den ena mer fantasieggande än den andra.

Så fanns den där bara och jag förstod vad den gamle mannen menat när han sa att jag skulle finna det jag sökte, trots att jag inget sökte.

"Anitas bok" stod det med stora, mjuka bokstäver. Med min egen handstil. Som en lätt fjärilsvinge rörde vid mig, som en mjuk smekning av honung längs min ryggrad ilade den obestämbara känslan igen.

Boken var inte tjock, dess pärmar gav inga spår av ovarsam läsning. Inga fläckar. Och när jag bläddrade i den fanns inga hundöron. Bara några enstaka understrykningar med svag blyerts.

Jag slog upp den sista sidan – så som jag aldrig läser böcker annars. På den sextionde sidan, den sista sidan stod: "Det är inte den tjockaste boken som innehåller den mesta visheten. Inte heller beror det på bokstävernas storlek eller radavståndet. Utan av läsarens tidigare erfarenheter."

Jag förstod inget alls! Den turkosa fåtöljen omslöt mig vänligt när jag sjönk ner i den med boken i min hand. Inget var egentligen konstigt längre, trots att alla mina tidigare referensramar föll. Boken jag höll i min hand var skriven på ett språk som jag inte kunde tyda. Jag kände inte ens igen bokstäverna. Men inom mig förvandlades texten till begripliga ord, till meningar jag förstod. Utan att reagera nämnbart, visste jag att jag aldrig hade varit med om något lika fantastiskt.

Ur boken visades händelser ur mitt liv. Inte i någon kronologisk ordning. Det som hänt i mitt liv klev med styrka ut ur boken, fick mig att se det ur andra vinklar. Se glädje där jag trott att ingen glädje fanns. Även händelser som inte var så vackra lyftes fram och tycktes skimra. Ja, de blev vackra för att jag såg felen och visste att jag aldrig någonsin gjort om dem.

Vilken märklig bok. Så full av förståelse. Så överraskande kärleksfulla saker av alldeles vardagliga ting. Mitt liv fanns där till beskådan för mig. I hela mitt inre växte den märkliga känslan. Kanske var det lycka? Harmoni?

Jag behövde inte längre någon förklaring, jag visste allt nu. Till och med varför jag måste gå motsols i rummet för att allt skulle stå klart för mig. I den planen ingick också varför jag läst min bok baklänges.

Allt föll på plats. Orden. Språket. Allt.

När jag äntligen lyfte blicken från boken, låg rummet i dunkel. Ljuset hade nästan brunnit ner.

Den gamle mannens blick mötte min. Han hade slutat pyssla om brasan som slocknat nu.

Jag nickade mot honom och log. Att ha fått visshet, klarhet varför jag levt. Varför jag gjort som jag gjort. Att inget egentligen var rätt eller fel. Bara pusselbitar i mitt liv som måste läggas. Att förstå helheten, livet, döden, att förstå nuet, där jag nu befann mig, allt tycktes så enkelt och självklart.

Jag kunde inte längre känna sorg eller ledsenhet. Inte ens när jag tänkte på mina kära som fortfarande

© Anita Karlsson

levde. Inom mig glittrade en sträng, nästan så skarp att den bländade mig. Den gamle mannen böjde sig fram och strök mig över kinden med sådan ömhet. Nyckeln runt hans hals glittrade i det svaga ljusskenet.

Det gjorde mig så lycklig att veta att mina kära hade sitt besök kvar i antikvariatet. Precis som på julafton, att veta att det sista paketet har de sparat, bara för att få njuta lite extra innan papperet tas av och hemligheten avslöjas.

Precis när ljuset slocknade och veken glödde till och lämnade en grå, tunn rökpelare kvar, tog den gamle mannen min hand och den blåaste blick jag någonsin mött lät mig drunkna i dess värme och trygghet.

"Din bok var tunn, för du bar så mycket vishet med dig. Du hade så många svar och så få frågor när du kom", sa den gamle mannen och satt sig mjukt på armstödet till den turkosa fåtöljen och höll om mig.

ETT OVÄNTAT MÖTE

Gruset knastrade under hennes skor. Det kändes så lugnt och rofyllt. Blicken letade sej fram bland gravstenarna. Hon läste namnen som var inristade. Genom hennes tankar for bilden av ett bibliotek. Liknelsen fick henne att le. Kanske var inte de tjockaste böckerna de bästa och kanske inte den färggladaste framsidan höll måttet när man läst dess insida.

Plötsligt stod hon framför en stor hög sten. Den var blänkade svart och skuggorna över namnen som var djupt inmejslade skiftade. En tjock bastant kedja ramade in de välkrattade kvadratmetrarna. En svart urna vid stenens fot var fylld med halvt vissnade rosor. Nej, sådana gravarna tyckte hon inte om. Vad var det för någon som tycktes vara för mer än andra.

Hon uttalade inte orden högt. Svaret kom inte heller tillbaka i talade ord. Inom sej, i bröstet hörde hon svaret.

"Det var inte jag som tyckte mej vara en sån viktigprick."

"Vem där?" sa hon andlöst.

"Anders Emanuel Karlvret."

"Förlåt, vem är du?" Hon sa det högt.

"Det är vid min grav du står. A E står för Anders Emanuel." Rösten dallrade till inom henne.

"Förlåt... men jag förstår inte." Nu lät hon deras dialog vara tyst och bara tänkte orden.

"Du undrade vad det var för märkvärdig person som stillat sej till ro här. Jo, det är jag som talar till dej, Anders Emanuel."

Förundrad stod hon still och läste på stenen. A E Karlvrets familjegrav.

"Om jag säger så här, jag hade inte längre någon talan när stenen restes. Det är andras beslut du ser."

Rösten kändes lite uppgiven.

"Du menar att du är död." Nu sa hon orden högt, samtidigt såg hon sej omkring om det fanns någon som kunde höra henne.

"Jag, det kallas visst det. Fast jag finns ju ändå!" svarade Anders Emanuel.

"Vem bestämde om din sten då?"

Hon fann det helt ologiskt att bara tänka för att få svar. Men så var det.

"Min maka. Mina pojkar. Har man pengar så måste det ju synas." När han suckade så kändes det som en gardin som blåste till i hennes bröst.

"Vem var du då?"

Fortfarande var vinden det enda ljud som hördes, förutom tåget långt bortom skogen som dunkade sej rytmiskt in mot staden.

"En vanlig enkel bondgrabb som lyckades ganska bra mot storskogsbolagen", hans stolthet växte i hennes bröst, svällde ut. Tog plats. Hans stolthet fanns inom henne. Han lät henne känna den.

"Är du missnöjd med din...din plats här?" "Nja, om jag själv fått valt. Ja, jag sa ju det till Anna-Greta också, att stenen nere i Granbäck, en platt fin sten. En sån som användes att hoppa på när man vadade över ån. Ja, för det var ju egentligen en å fast den hette Gran-bäcken. Den stenen hade jag velat ha ovan huvve. En använd en. Me bara namne på, inte allt de andre som de skrivit dit i gull-skrift. Nää, en sån där enkel en. En sån som jag."

© Anita Karlsson

"Men lyssnade inte de på dig?" sa hon. Han skrattade till. "Nej, lyssnade de inte när jag levde ovan jord, så varför skulle de lyssna när jag hamnat under?" "Kan jag göra något för dig?" Nu sa hon det högt och orden bars bort av vinden. Det dröjde en lång stund och hon började

tro att allt bara var inbillning. Hon satte sig ner på den låga stenmuren och kände dess kyla genom jeanstyget.

En stund senare kändes det som en viskning när svaret kom.

"Plocka en bukett smörblommor nere vid bäcken till mig, tack det räcker så."

DU

...ibland när livet är som vackrast. När naturen visar all sin blomsterprakt. När regnet gör så att alla dofter kommer till sin rätt. När en pytteliten groda gör så att jag förundrad hukar mej ner och följer dess krokiga, farliga väg ner i närmsta dike. När stillheten bara låter löven försiktigt spela i takt med mina andetag...
...då kan jag bli så ledsen.

Du fick aldrig uppleva allt det här. Solen hann aldrig smeka Din kind. Vinden rufsade aldrig om i Ditt mörka hår. Så mycket som aldrig blev. Livet blev aldrig vårt.
Jag fick följa Dej en bit, en liten bit.
Tyst inom mej visste jag vad Du sa: "Du kan inte följa mej längre nu. Det här är min väg, som är utstakad bara för mej och sista biten måste jag gå själv. Du har en annan väg att gå mamma, vi måste skiljas åt nu. Jag klarar mej själv." Och sedan gick Du, dit jag inte kunde följa med...

Och jag vet, det är inte farligt att vara ledsen. Det är en del av livet. Precis som Du.

Jag lovade Dig

Den lilla stund Du fanns
hos mig
det korta ögonblick
våra ögon möttes
så lärde Du mig leva

Lärde mig hur viktigt
varje möte är
hur oändligt stor
kärleken är
och hur skört
livet kan vara

Jag visste att änglarna
ville ha Dig
och tidigt, tidigt en morgon
kom de
viskade ditt namn
och Din hand släppte min
och Du följde dem

Kvar stod jag
och visste
att jag inte bara
hade mitt liv
att leva
för jag lovade Dig
att också leva Ditt
att tillvara ta
alla Dina oblivna stunder

När jag skriver handlar ofta mitt skrivande om döden. Jag har mött den i olika skepnader genom mitt liv. Hur sorglig, smärtsam och hemsk döden ändå kan vara, bär jag med mej en nyfikenhet. Ett budskap att sorgen är det pris som vi får betala för att vi en gång har älskat.

Jag vill tacka min mamma för att hon så vackert och varsamt lät mej förstå att döden inte är farlig, bara naturlig, om än sorglig.

Inom mej har jag mammas berättelse om hennes farmor Maria som dog när mamma var barn. Hur farmodern ligger i vedboden i väntan på hästskjutsen som ska ta henne till kyrkan och den sista vilan.

Jag ville höra det flera gånger när jag var liten, om hur mamma plockade blommorna av augustis överflöd och lade hos farmor. Inte bara en

bukett, nej många, många gånger återvände hon till farmor och lade sina tulltufsade buketter av prästkragar, mjölkört och hundkex medan hon samtidigt höll hennes kalla hand en stund.

Tack mamma att du lärde mej att det är viktigt att vi tar till vara på våra liv.

En del av min tavla jag målat och kallat: "…när mitt liv pågick så var jag där och levde det…"

© Anita Karlsson

SIRPA MÄLÄSKÄ

Jag bor i Brunflo sedan 1983. Till Sverige kom jag i mitten av 60-talet tillsammans med min pappa och en äldre bror. Mina upplevelser i barndomsbyn Varejoki har resulterat i många berättelser vilka jag tillägnat mina döttrar. Jag vill att de ska känna min och deras morföräldrars historia som ju självklart är också deras historia. Planen är att alla dessa berättelser ska bli sammansatta till en helhet i någon form.

Så länge jag kan minnas har både skrivandet och läsandet varit givet och något jag med glädje ägnat mig åt. Redan i lågstadiet skrev jag uppsatser om små händelser i vardagen och lördagen var den bästa dagen på hela veckan,då fick vi låna böcker på skolbiblioteket! Jag slukade böckerna och sedan var det en lång väntan på nästa lördag och nya böcker.

Jag har nästan under hela mitt liv skrivit dagböcker,det finns en ansenlig samling av dessa i mitt hem. Att skriva tankar och små reflektioner har berikat vardagen.Jag hade även många brevvänner under – 70 och – 80 talet. Det skrivna ordet fick liv, utan bilder gavs möjlighet till egna upplevelser av det som beskrevs.

För några år sedan kom jag i kontakt med Skrivande kvinnor i Jämtland. Vi träffades var 14:e dag och läste upp och diskuterade våra alster. Ibland skrev vi fritt, en annan gång hade vi ett bestämt ämne att skriva om. Vi gav varann konstruktiv, positiv feedback,vilket uppmuntrade till fortsatt skrivande.

Jag har skrivit berättelser och skickat till veckotidningar och att de blivit honorerade blev en bonus.

MAMMA OCH JAG

Liten Sirpa

Mina minnen från Varejoki är starkt präglade av relationen med min mamma. Vi var liksom ett Kompendium, dit hon skulle där skulle även jag vara. Kanske hade jag någon sorts föraning om att vår tid tillsammans skulle bli alltför kort. Hon gick bort bara 46 år gammal.

"Det tar bara en liten röd minut", säger mamma från tröskeln där hon står på väg ut. "Stanna här, du kan se mig hela tiden genom fönstret." Jag visste att när mamma hade den där bestämda rösten, var det inte lönt att protestera,det var redan beslutat. Fast egentligen ville jag stampa med foten, hålla fast hennes ben, kräva att få följa med. Inte ens en sekund ville jag vara ifrån mamma, ännu mindre en hel minut.

Jag tar plats vid fönstret, mamma går mot utedasset. Hon vänder sig om och vinkar innan hon går in.

Från och med att jag inte ser henne börjar tidsräkningen. Hur lång tid är egentligen en röd minut? Jag har inget att jämföra med, en fyraårings värld är oändlig.

Jag tittar mot dassdörren, den är fortfarande stängd. Hakan vilar mot händerna och armbågarna stöttar mot fönsterbrädan. Näsan nuddar vid glaset och det blir imma på rutan. Jag ritar ett hjärta i imman och skriver M + J inuti, mamma och jag.

Kommer hon inte snart? Nu är tålamodet på bristningsgränsen, tänk om hon inte kommer tillbaka?!

Rädslan tar fäste och snabbt som en vind är jag nere från fönstret. Stövlarna hittar själva sin väg in i mina fötter och det bär ut genom dörren. Jag springer det snabbaste jag kan över gårdsplanen, känner inte de kalla höst-vindarna som sliter i kläderna och får håret att vispa runt som en propeller.

Ända fram till dassdörren springer jag och i samma ögonblick öppnar mamma dörren. Hon skakar på huvudet och låtsas vara lite arg men lyfter samtidigt upp mig och säger: *Hupsukka*, vilket betyder ungefär "Din lilla toka". Vi går över gårdsplanen tillbaka in, mamma bär mig hela vägen fast jag egentligen är för stor för det. Jag kramar henne hårt och vi går in i huset. Det känns varmt och tryggt i kroppen min.

Mamma hänger av sig sin jacka och byter om till innetofflor. Hon knyter ett förkläde runt midjan och frågar: "Ska jag steka lite pannakor åt dig?" "Jaa", säger jag glatt. Sedan frågar jag:"Mamma, hur lång tid är egentligen en röd minut?" Mamma vänder sig om från spisen och säger:"Den kan vara kort men också lång, beroende på vem som räknar." Jag tittar på mamma och tänker att för mig var den röda minuten evighetslång.

Nu fräser pannkakorna i stekpannan och det vattnas bakom tungan på mig. Vi äter pannkakor med socker och smör. Mamma tar kaffe till och jag får kall mjölk i ett glas. Där vi sitter i köket är det varmt och gott, elden sprakar i järnspisen. Jag är mätt i magen och lite trött. Mamma tittar på mig med den där speciella blicken som ingen annan i hela världen tittar på mig med. Hon ler lite och säger:"Ska vi vila lite kanske?" Vi sträcker ut oss på sängen i kammaren och mamma breder en filt över oss. Sedan flyger vi in i drömlandet seglandes på ett moln, kanske blev den röda minuten till en hel timme.

VAREJOKI BLIR TILL

Varejoki vid den röda punkten

Byn Varejoki där jag föddes,har en speciell historia. Den byggdes upp av människor som evakuerades från staden Petsamo, långt upp vid ryska gränsen.Mina föräldrar var bland dem. Sovjet besegrade Finland i fortsättningskriget 1944 och tog Petsamo i besittning. Den finska staten fick huvudbry med att försöka hitta en varaktig boplats till alla dessa människor. Folket från Petsamo hade livnärt sig på fiske vid Ishavet, nu skulle de i all hast bli jordbrukare utan någon som helst erfarenhet eller verktyg. Det fanns en miss-tänksamhet mot dessa människor,var de i själva verket ryssar, kunde man lita på dem? För säkerhets skull undvek man de större städerna i valet av boplats. Istället blev det Varejoki, som inte var någonting annat än ett kärr med hopplösa förutsättningar för jordbruk och odlande. Ofruktbar, obruten lerjord utan vägar,affärer och skola.

Ett mödosamt arbete tog vid.

I brist på vägar använde man sig av en smal å, som flöt genom byn, den som platsen var uppkallad efter,Varejoki (Vareå). Man fraktade cementsäckarna delvis med roddbåt,delvis bärande. Timret flottades också genom ån,vilken lämpade sig dåligt för detta ändamål. Lågt vattenstånd varvat med forsar på sina ställen försvårare hanteringen. Även hästskjuts förekom. När byggandet hade kommit igång var målet att finska staten skulle bygga tjugo ladugårdar och i anslutning till dem två små rum för boendet. Man tillverkade även egna tegelstenar, som inte blev bra,utan sköra och smulades sönder. Första sommaren lyckades man bygga fem av de planerade tjugo husen. Under hösten och vintern arbetades det nästan dygnet runt för att få bostäder till alla.

Samtidigt med byggandet skulle jordbruket grundas. Områden som skulle bli åkrar högg man fri från skog under vintern. I maj brände man ner stubbarna, det var nödvändigt att göra det innan jorden torkade för mycket, för att undvika skogsbränder. Det fanns en optimism bland de evakuerade - bakåt fanns det ingen väg,framåt var det enda sättet!

De första åren gav jorden en riklig skörd. Havre och vete samt råg blomstrade. Man hade så man klarade sig och mer därtill. Sedan kom de dåliga åren där frosten tog allt, det gav besvikelse och hopplöshet som följd.

Man försökte öka bruksdjurbeståndet men det var svårt utan medel. Röda korset förmedlade nitton kor samt en tjur från Sverige och från Finland samlade man ihop tolv kor.

Så fortsatte livet under umbäranden och hårt arbete. Undan för undan och med delvis egna, delvis pengar från staten, kunde man bygga en oljegrusväg genom byn.
Folkskolan hölls till en början i någon lämplig barack. Senare kunde man även bygga en sådan högt uppe på en fin tallbacke. Där gick även jag. En matvaruaffär blev också till, dessförinnan kom en varubuss med något haltande utbud av varor till byn.

Utvecklingen i byn gick framåt till mitten av sextiotalet. Andan i samhället förändrades,det fanns inte längre något värde i att bruka jord och ha djur-hållning. Man hade i det närmaste en fientlig inställning till detta. Staten utlovade en belöning om man lade ner jordbruket och slaktade djuren. Ungdomarna sökte sig till städerna och fabriksarbeten istället. Men det fanns de som stannade kvar och oförtrutet fortsatte vidare, kanske med den berömda finska *sisu* som hjälp. Man återtog åkrarna som lagts ner och optimismen präglade åter arbetet.

De som byggde Varejoki från grunden kanske inte såg den bästa morgon-dagen som gav dem kraft och ork att kämpa. Deras arbete var ändå inte

bortkastat. De levde bland svårigheterna ett mångfasetterat och upp-
levelserikt liv och skapade en lättare och bättre framtid för sina barn och
barnbarn.

Barndomshemmet

EN HELT VANLIG LÖRDAG PÅ 60 – TALET.

Brorsan och jag

Det är en doft av björkved och lite rök i luften. Tittar man ut genom fönstret mot byn till, kan man se att det ryker från de flesta bastuskorstenarna.

Nej, inte hos Rantas, där är det igenbommat efter att TBC:n tog båda gamlingarna som var kvar. Sönerna hade redan tidigare flyttat till Sverige.

Det är lördagsstämning, snart ska pappa och de äldre bröderna komma hem från *savotta*, det betyder att man är i skogen och hugger. Under tiden bor man i en enkel träkoja med slafar. Två veckor har nu gått sedan de senast var hemma. Den stränga kylan – 42 grader har gjort det omöjligt att hugga i skogen, därför stannade man lite längre. Mamma har bakat *korvapuusteja,* en finsk variant av kanelbullar. Det puttrar en *poronkäristys* på spisen, som är en gryta gjord på renskav, lök och grädde, avredd med lite vetemjöl. Det blir gott för hemvändarna.

Mamma sitter vid sin symaskin, hon är självlärd sömmerska. Ofta anlitas hon av grannarna till olika uppdrag, en ny klänning till någon fest både för barn och vuxna, byta något trasigt blixtlås, ja det kan vara allt möjligt.

Hon skulle kunna ta mycket mer betalt men hon är för snäll,"de har ju inte så fett de heller", säger hon. I själva verket har de nog det, en del har större gårdar med fler djur än oss. Vi har inte så många, två kor, en häst, fyra hönor, en tupp, en gris samt en hund och en katt. Men vi klarar oss rätt bra ändå.

Jag sitter vid köksbordet och plockar med knappar som mamma har i en gammal plåtburk, det har nog varit småsill i den en gång. Jag sorterar upp knapparna efter finhetsgraden och färger. De grå och vita skjortknapparna lägger jag i en särskild hög, för tråkiga att hålla på med. Men de färgglada, mönstrade, en del klädda med tyg, samt de som ser ut som glas blir olika fina högar. I min värld är de skatter och diamanter.

I huset som är vårt hem finns det två rum och kök. Man kommer in genom köket som är det största rummet. Innanför är det en kammare där man sover och sedan finns det en kammare som används bara på sommaren, den är lite dragig och svår att få upp värmen i. Det finns även en vind, men den är oinredd och används inte till någonting egentligen. Köket är det centrala,det är där man äter, umgås och boar på med det mesta. För inte så länge sedan fick köket en riktig ansiktslyftning. Ny diskbänk med hållare för slask-hinken i underskåpet, ett skåp med tippfunktion för veden. Överskåp med diskställ, och ett hörnskåp i samma stil. Då blev mamma glad. På golvet ligger det färgglada långa trasmattor, mamma har vävt dem. Hennes vävstol står i kammaren som värms upp med kakelugnen när hon ska väva.

Nu går vi ner till bastun som ligger alldeles intill ån. Vuxna brukar hoppa i efter bastun och svalka sig, men nu är det vinter så det blir att rulla sig i snön istället. Det gör inte jag, är nog för liten att förstå tjusningen med det hela.

Mamma stoppar in ved under bastuaggregatet samt den stora grytan med hett vatten. "Nu får dom komma om de ska få riktigt bra *löyly*", säger mamma. Löyly får man när man kastar vatten på de heta stenarna så det uppstår ånga. Då stiger värmen upp till de översta lavarna så den som härdar sitta där får huka sig i hettan. Till bastubadet hör björkruskan till. Man blöter ruskan i vatten och slår sig på kroppen, ja alltså med måttlig kraft. Ännu längre tillbaka hade ruskan ändamålet att få smutsen att släppa från kroppen,senare blev det mera som en ritual och idag är det mest som spa över det hela.

Hela familjen samlad

Vi går tillbaka in i huset. Mamma sveper bort mattan med foten och lyfter upp luckan i golvet med hjälp av en järnring som sitter i övre kanten på luckan. Det är vår källare där nere, och man skulle kunna säga även vår överlevnad. Sylt, saft, rotsaker, och potatis. Längre in hänger det ganska ofta en ripa eller orre och även hare i väntan på att tillagas. Mammas bakverk förvaras också där.

Nu skulle mamma hämta upp *sima,* som är en dryck, gjord av vatten, jäst, citron, socker och russin. Man kokar upp allt utom russinen, som tillsätts i slutet. Sedan får blandningen jäsa och slutligen hälls den i flaskor med russin i. Det blir lite som sockerdricka, nu ska vi ha detta efter bastun som en förfriskning.

Nu hörs bjällran, pappa och brorsorna är på ingång. Hästekipaget svänger in på gården och tre frusna och hungriga karlar hoppar ur timmerdoningen och går in i värmen. Timret får man lasta av senare.

Radion spelar finsk populärmusik. Det är ett program som heter "Lördagens mest önskade". Man får skicka in önskningar på musik man vill höra och ett valfritt belopp med pengar. Pengarna gick till något välgörande ända mål. Maten är uppäten och bastun avklarad. Pappa har sträckt ut sig på köks-soffan och halvslumrar till musiken. Bröderna gör sig i ordning för en dansafton på lokalen som finns i byn. Spiskroken är på uppvärmning, man hade den till hjälp när håret skulle formas till en rulle mot pannan. Nu spelas det tango på radion och jag får en liten svängom med brorsan. Inte konstigt att jag lärde mig att gilla både dans och musik i en tidig ålder.

Det är gemytligt i stugan, en typisk lördagsafton hos oss på 60- talet.

Så gick tiden. Mamma gick bort 1960 p.g.a. sjukdom. Bröderna flyttade till Sverige i brist på arbete. Jag gick sista året i folkskolan när vårt hus brann ner en kall januaridag. Vårterminen ut bodde vi hos närmaste grannen, och sedan flyttade pappa, jag och den kvarvarande brorsan också till Sverige. Vad som sedan hände är en helt annan historia.

© Marie Andersson Akvarell

© Lena Deimo

SONJA LINDGREN

Jag bor i Brunflo söder om Östersund där jag för 21 år sedan startade en handelsträdgård, Sörvalla Handels träd-gård, men som min son nu driver sedan några år tillbaka. Men jag arbetar fortfarande heltid i trädgården.

Jag har många intressen som litteratur, musik, resor och framför allt mitt skrivande. Det har blivit många reseskildringar från alla mina resor världen över. Min senaste resa var en rundresa i Sydafrika tillsammans med en väninna. Jag har vandrat i bergen i Nepal, besökt slagfältet i Poltava i Ukraina där Karl XII led att svidande nederlag mot Peter den store 1709. Det var mäktigt att stå på slagfältet mitt i den svenska historien. I övrigt skriver jag om allt som händer runt om mig både i sorg och glädje.

Publicerad:
Ordväv, Skrivande kvinnor i Jämtland

RESAN TILL ZAMBIA OCH MITT FADDERBARN

November 2014

Jag och min väninna Christina gick fredagen den 31 oktober ombord på flyget på Frösö flygplats för att flyga vidare till Arlanda och därifrån med Etiopien Airlines till Addis Abeba dit vi anlände den 1 november kl. 05.15. Vi reste med hjälporganisationen Zambias barn för att hälsa på mitt fadderbarn Elisabet i byn Kenyenda i Zambia.

När vi kom in i ankomsthallen i Addis möttes vi av en man i full skydds - utrustning från topp till tå. I handen höll han ett föremål som visade sig vara en febertermometer. Han förklarade att han skulle göra ett ebolatest på oss och tryckte termometern i pannan på oss. Skulle det visa sig att vi hade feber fick vi inte resa vidare utan skulle föras till sjukhus. Lyckligtvis var alla i vår grupp feberfria.

Vid tiotiden på förmiddagen bytte vi plan, också detta Etiopien Airlines, för att flyga vidare till Zambia och Ndola dock med en ytterligare mellan-landning i Kongo Kinshasa där ett stort antal passagerare klev av. Det var män från Kina som skulle till Kongo och arbeta i bl.a gruvorna. Till Ndola anlände vi 14.45 där bussar väntade på oss som skulle föra oss till byn Kenyenda som var vårt slutmål. Det var en sträcka på 10 mil.

Under vägen stannade vi och provianterade det som vi skulle ha under veckan, bröd, smör, ost, mjölk och kaffe bl.a. Det var inget hotell vi skulle bo på utan i ett enkelt hus i byn så vi skulle laga vår mat själva. Huset var mycket enkelt och bestod av kök, matrum, nio sovrum samt dusch och toalett.

Vi var en grupp på nio personer varav två, ett gift par, som hade startat denna hjälporganisation på nittiotalet. Det var Lars-Gunnar och Elsie Sandberg. Båda hade arbetet i många år i en närliggande stad, Lars-Gunnar som lärare och Elsie som sjuksköterska. En dag hade det kommit en femtonårig pojke med fem yngre småsyskon som bad om hjälp. Föräldrarna var döda och barnen var ensamma i världen. Det var så denna hjälp-organisation startade och i den lilla byn Kenyenda finns nu en skola för fyrahundra elever, man har byggt bostäder till lärarna som undervisar i skolan, man har borrat efter vatten så det finns flera pumpar i byn som ger rent, friskt vatten. Allt finansieras med hjälp av sponsorer och donatorer. De flesta barnen har en fadderförälder någonstans i Sverige som varje månad skickar 150 kronor till sitt fadderbarn. Dessa 150 kronor räcker till att barnet får gå i skolan, får läroböcker, skoluniform samt ett lagat mål mat om dagen så de får äta sig mätta.

Åter till oss nio. Vi bodde tillsammans i huset som en familj. Vi lagade mat, diskade och städade tillsammans. På kvällen när vi kom fram till byn blev vi bjudna på middag av byns föreståndare Alfred och hans fru Memorie. Middagen bestod av kyckling och ris. Vi satt länge och pratade och Alfred berättade om hur han arbetade i byn och hade huvudansvaret för att allt skulle fungera med barnen, skolan, barnens mat osv. Det blev sen kväll och vi gick till sängs mycket trötta efter den långa flyg- och bilresan och lyckliga över att vi äntligen efter tjugonio timmar hade nått fram till vårt resmål.

Om dagarna tar vi emot alla dessa barn som nyfiket besöker oss och busar, skrattar och skriker högljutt ut sina önskemål om än det ena än det andra. Det är barn som lever under mycket enkla förhållanden, många i svår misär och fattigdom. Många av barnen är föräldralösa och bor hos någon släkting, mor- eller farföräldrar. Många av föräldrarna har dött i aids. Tyvärr är det många som far illa i sina nya hem.

Söndagen den 2 november besökte vi en kristen kyrka några kilometer utanför byn. Där fick vi lyssna till en lång sånggudstjänst som varade i nästan tre timmar och som avbröts då och då av präster som predikade Guds ord. En flicka läste Korintierbrevet, alla verserna helt utantill...

Jag satt under gudstjänsten tillsammans med en ung man som hette Kristoffer och som var vår fotograf under resan. Jag filmade mycket under gudstjänsten och till slut tittade han på mig och sade: " du har filmat mycket så dessa sånger måste ha gått djupt in i ditt hjärta" och jag svarade att det hade dom verkligen gjort och då log han brett mot mig och hans ögon lyste. Sedan fortsatte han och tittade allvarligt på mig. "Tag vara på din själ och låt inte djävulen få övertaget. Du måste lita och tro på Gud för han hjälper dig och är med dig alla dagar." Jag lade handen över hans och svarade honom att jag vet att Gud är med mig. Han log återigen mot mig och kramade lätt min hand. Jag förstod under de här dagarna i byn att många av dessa människor jag mötte hade en stark gudstro.

När gudstjänsten närmade sitt slut reste sig Lars-Gunnar upp och bad oss andra resa oss. Han presenterade oss vid namn inför församlingen och hela församlingen reste sig upp och alla sjöng en sång som tack för vad organisationen Zambias barn hade gjort för byn och barnen. Sången gick rakt in i våra hjärtan och den var äkta menad. När vi kom ut efter gudstjänsten stod församlingen på rad, kvinnor, män och barn, och tog oss i hand och tackade oss.

Organisationen Zambias barn är någonting mycket stort i byn. Detta är oförglömligt och kommer alltid att finnas med mig.

Det gick en liten stund och då fick jag se Kristoffer komma gående med en flicka. Han kom fram till mig med flickans hand i sin och presenterade henne som Elisabet min fadderflicka. För första gången stod hon livs levande framför mig. Vad underbart att få se henne. Hon var en mycket, mycket blyg flicka. Kristoffer tog oss åt sidan så vi fick vara ensamma en stund. Vi kunde prata med varandra genom att hon kunde lite engelska. Jag hade med mig några gåvor som hon fick, bl.a. två böcker på engelska om Sverige med bilder tagna runt om i landet. Resten av gåvorna jag hade med mig skulle hon få när hon kom till mig på julfesten som vi skulle ordna för alla c:a fyrahundra barnen i byn.

På måndagen reste vi in till staden Luanscha för att proviantera, det mesta i matväg var på väg att ta slut. Vi köpte också upp filtar för att ge till de mest behövande barnen. Dom skulle få dessa filtar på julfesten.

I byn är det mycket fattigt men organisatioen Zambias barn ställer upp och ger dem vad de behöver om det blir för svårt. I många hyddor har man inga sängar utan man sover på en bit wellpapp eller en tom jutesäck. Vid hemkomsten fortsatte vi att packa påsar med kläder och skor för att ge barnen när de kom till festen. Vi hade med oss c:a 400 kg kläder och skor hemifrån så det skulle nog räcka till alla barnen. Vi lade också ned tvål, tandkräm, en flaska matolja, ballonger och en bibel på engelska som skänkts av Gideons International som har sitt huvudsäte i Nashville.

Dagen hade varit lång så vi gjorde kväll tidigt för att orka med julfesten dagen därpå när vi skall välkomna 350-400 barn. Det började att regna och åska våldsamt och till slut gick strömmen och när vi skulle tvätta oss innan läggdags fanns det inget vatten. Och i morgon julfesten. Hur skulle det här gå? Men tack och lov så var både ström och vatten tillbaka på morgonen.

Tisdagsmorgonen började för min del redan halv sex när jag vaknade utvilad efter en lång natts sömn. Jag tog min filmkamera och gick ut då jag fick se en skock getter som betade utanför huset och när jag stod där och filmade getterna kom två grisar springande och den ena grisen hade en fågel i munnen som den hade fångat. Jag trodde inte mina ögon, en gris som fångar fåglar som den sedan äter upp. Helt otroligt!

Vid sjutiden åt vi frukost och därefter började vi att förbereda julfesten. Kvinnorna i köket, som är en fristående byggnad ute på gården, hade dagen innan börjat att laga den mat som vi skulle bjuda barnen på. Barnen skulle bjudas på kyckling och köttgryta med ris. Man hade slaktat en ko som man styckat och gjort köttgrytan på. Lunchen skulle barnen äta halv ett. Halv tolv kom Elisabet och vi umgicks en stund och pratade. Hon var inte lika blyg idag. Det är klart att det var lite nervöst för henne att möta mig, för henne en vilt främmande människa. Hon fick välja ut kläder som hon ville ha och tyckte om. Jag gav henne några smycken som jag köpt med mig. Jag satt och tittade på henne och tyckte att hon var så fin och hon tittade tillbaka på mig och log.

Senare under veckan tog jag ytterligare ett fadderbarn, en liten pojke på tre år som heter Julius. Elisabet miste båda sina föräldrar 2006 och hon lever under svåra förhållanden. Det finns idag ytterligare 25 barn som väntar på att få en fadderförälder.

Jag hade fått i uppdrag att rita och måla med barnen på förmiddagen innan vi skulle äta. Jag hade köpt med mig ritblock och färgkritor hemifrån. Jag fick ett klassrum i skolan där jag skulle samla barnen. Barnen var många så jag bad att få dela upp dem i grupper om cirka femton i varje grupp. Men det fungerade inte. Barnen bara vällde in och snart var hela skolsalen,som stått till mitt förfogande, full med råge av barn som stojade och sprang runt. Som jag tänkt ut och organiserat hur allt skulle vara, var och hur barnen skulle sitta, hur de skulle få sina ritpapper och kritor fungerade inte alls. Till slut gav jag upp och lät barnen ta det dom önskade. Men ett var jag noga med, att kritorna ovillkorligen skulle lämnas tillbaka till mig eftersom det var flera barn som ville rita och måla. Men barnen var nöjda och sprang skrattande omkring på skolgården och visade sina teckningar.

Nu var det dags att äta lunch. Skolbarnen hade med sig tallrik och bestick och dom stod i kö för att få sina tallrikar fyllda. Elisabet åt med de andra fadderbarnen i ett rum för sig. I ett av klassrummen hade det dukats för oss nio. Vi blev serverade kyckling med ris och sallad.

Det var mycket som var sorgligt och beklämmande näst intill outhärdligt att se. Det var när en mormor bad om att få våra matrester som vi lämnat på våra tallrikar att ge åt sina barnbarn. Matresterna tömdes i en påse av Alfred som satt med oss vid bordet och som han gav till mormor som tog med sig påsen ut till barnen. Barnen nästan slogs om påsen för att komma åt våra avgnagda kycklingben. Hjärtat höll på att brista vid synen av de hungriga barnen.

Man står maktlös och ser på.

Basmaten var majsgröt och till varje jul ger organisationen en säck majsmjöl på tjugofem kilo till varje familj. Jag köpte tre säckar mjöl till Elisabet som hon fick till julen. Det räcker till många måltider till henne och hennes fosterfamilj. Det var det minsta jag kunde göra.

På eftermiddagen delade vi ut påsarna med kläder till barnen. Många av barnen hade aldrig haft skor på föttern och därför var deras fötter breda av allt traskande barfota så det var svårt att hitta skor som passade. Men det löste sig till slut. Många barn var inte vana att ha hela och rena kläder på sig så glädjen lyste när de fick sina påsar. Dagen därpå kom många barn tillbaka klädda i sina nya kläder. Dom dansade runt för att visa upp sig.

Det är mycket man omvärderar efter en sådan här resa. Och mötet med dessa underbara ungar går inte att beskriva. Mitt i denna fattigdom och misär fanns en glädje och en livslust. Vart man gick hade man en svans med goa, härliga ungar efter sig som ville hålla handen och kramas. Det var fantastiskt. Många kvällar kunde vi höra försynta knackningar på dörren där vi bodde. När vi öppnade kunde det stå en liten parvel som sträckte ut sina händer och bad: "Give me shoes, please." Man ber till Gud att dessa barn må få en meningsfull framtid.

På morgonen efter festen gick jag, Alfred och Lars-Gunnar på en promenad till byn intill för att titta på alla getter som betade där. Anledningen till promenaden var att se hur getterna jag skänkt kunde se ut. Dom var inte som våra svenska getter utan större och fläckiga i vitt, svart och brunt. Jag hade för några år sedan skänkt fem getter till byn och kanske fanns dom bland dessa uppskattningsvis 15-20 getter.

I byn höll man på för fullt att bygga och färdigställa några hus. Husen byggs i tegel som tillverkas i byarna. Teglet görs av krossade termitstackar. Krosset, som är mycket hårt blandas med vatten och bränns.

På eftermiddagen besökte vi marknaden i byn där det såldes frukt och grönsaker, rökt fisk, stora dunkar med matolja m.m. Vi promenerade runt på marknaden ett bra tag och till slut blev det jobbigt i +40 graders värme så vi satte oss i bilen och åkte tillbaka innan vi svimmade i värmen. Väl tillbaka väntade barnen på oss, hoppade runt oss, skrattade och kramades. Vilket underbart mottagande.

Så kom då en ny dag. Vi satte oss i bussen för att via staden Luanscha åka vidare till staden Kittwe som är näst huvudstaden Lusaka Zambias största stad. Där besökte vi vi en jättestor marknad där jag köpte några träsniderier och därefter intog vi lunch för att senare åka vidare och besöka den plats där planet med Dag Hammarskiöld störtade den 18 september 1961. Planet störtade några kilometer från gränsen till KongoKinshasa när det var på väg till Elisabetville. Vad som hände är fortfarande oklart trots utredningar. Att det var ett attentat är uppenbart. På platsen har man rest en minnesstaty av Hammarskiöld. Det finns ett museum på platsen med bilder från hans liv som FN:s generalsekreterare.Vägen upp till platsen är helt nybyggd. Den förra vägen var en sönderkörd, gropig grusväg. En svensk delegation med Carl Bildt i spetsen besökte platsen och senare kunde man läsa om besöket i DN. Man skrev bl.a. om vägen, att det var en skam att en sådan väg skulle leda upp till minnesplatsen av en sådan stor man som Hammarskiöld. En ny väg började att byggas och den var klar nu i somras 2014. De sista dagarna av denna fantastiska resa reste vi runt på olika besök för att alltid på efter-middagarna komma tillbaka till våra underbara ungar i vår by.

Den sista dagens morgon packade vi våra resväskor och plockade ihop våra lakan som bars på tvätten. Vi gick tillsammans en sista gång genom huset för att kolla att allt var i sin ordning. När vi gick ut till bilen för att åka vidare till Ndola och flyget till Addis Abeba stod alla barnen och tog adjö och vinkade. Det värkte i hjärtat av sorg att se dem och behöva lämna dem. Dessa underbara ungar som behövde oss så mycket. Efter massor med kramar satte vi oss i bilen för att åka mot nya äventyr. I Addis bodde vi två nätter på hotell och därifrån åkte vi ut på olika sevärdheter. Bl.a. besökte vi Haili Selassis palats som idag rymmer ett universitet. Vi besökte museet där skelettet av Lucy förvarades. Lucy var en kvinna som levde för 3,4 miljoner år sedan och som hittades vid en utgrävning för ett antal år sedan.

Det är med blandade känslor man tänker tillbaka på allt vi fått uppleva. Höjdpunkten var att få komma till den lilla byn Kenyenda och träffa alla dessa underbara barn vars tillvaro vi fick förgylla några dagar med att ge dem hela, rena kläder, skor och vår omtanke och våra kramar. Jag hoppas innerligt att jag kan åka tillbaka igen och återigen få träffa dessa underbara ungar.

BERÄTTELSEN OM SINGAPORE OCH EN HISNANDE LINBANEFÄRD ÖVER ÖPPET HAV.

Vi hade gjort en tre veckor lång rundresa i Thailand och Malaysia och kommit ner till Singapore som var slutorten för vår resa för att efter några dagar flyga tillbaka till Sverige.

Singapore är inte en stad i vanlig mening utan en republik och Asiens minsta land. Landet består av sextiotre öar inklusive huvudön. Singapore har den högsta levnadsstandarden i Asien och rankas som elva i världen och mätt i BNP per capita är Singapore det tjugoandra rikaste landet i världen.

Huvudgatan genom staden heter Orchad road och är en tre kilometer lång affärsgata som kantas av eleganta butiker, flotta hotell, barer och restauranger. De flesta av världens modehus är representerade längs gatan. Klockmärket Rolex har en egen skyskrapa med namnet Rolex i stora neon-bokstäver på taket. Uniformerade vakter står på var sida om ingången på den breda eleganta trappan. När man kommer in möts man av ytterligare vakter som står vid de låsta glasmontrarna som innehåller klockor som kostar flera hundra tusen kronor styck. Hela Singapore andas rikedom och välfärd. Att gå in i någon av de eleganta butikerna längs Orchad road och tänkas handla är bara att glömma. Allt är mycket, mycket dyrt.

Naturligtvis finns det affärer för vanligt folk som inte är nerlusade med pengar. Dessa butiker ligger i utkanten av staden och då främst i Chinatown där man kan handla i princip allt från livsmedel till piratkopior av märkeskläder och Rolexklockor.

En av de vackraste byggnader i Singapore är Raffles hotell. Det är en bländande vit skapelse som gjordes om till hotell 1887. Det är inte bara ett hotell utan ett begrepp, en institution som kallas Singapores Grand Old Lady. Hotellet har fått sitt namn efter det moderna Singapores grundare Sir Thomas Stamford Raffles. Vill man hyra ett enkelrum för en natt får man betala runt 16-20.000 svenska kronor men då ingår ju förstås betjänt som tar hand om det praktiska så du riktigt kan koppla av!

Raffles hotell

Det finns mycket att se och uppleva i Singapore som till exempel ett besök på Sentosa Island, Stillhetens ö, där man just hade öppnat ett enormt akvarium. Man kan ta sig dit antingen med tåg över broarna eller lin-bana. Vår guide hade valt linbanan. Intet ont anande gick vi med på att ta lin-banan ut till ön.

Vi åkte buss ner till hamnen där vi gick in i ett högt torn och tog hissen sextio meter upp. Där väntade linbanekorgarna som skulle ta oss till ön. Vi och ett annat par tog plats i en av korgarna. En ung man hjälpte oss till rätta och stängde dörren till korgen. Med ett hastigt ryck åkte korgen ut över kanten på tornet och vi skrek alla fyra av ren och skär skräck. Det var en hemsk känsla att dingla i tomma intet över havet.

När vi lugnat ner oss kunde vi börja titta på den formidabla utsikten med bland annat utsikten över Singapores båthamn som är den största i världen. Där fanns båtar i tusental, jag överdriver inte, allt från segelbåtar, lyxiga fritidsbåtar till stora oceanångare.

Framme på ön väntade förarlösa tåg på oss som tog oss längs en smal-spårig järnväg till akvariet vi skulle besöka. Och vilket akvarium.Vi steg på ett transportband som tog oss genom en lång glastunnel med alla fiskarna runt om oss. Ovanför mitt huvud simmade en stor vit rocka uppskattningsvis en och en halv meter mellan fenspetsarna. En liten haj, typ pigghaj, stod länge och såg på mig med uttryckslös blick. Jag undrade vad som rörde sig i hans huvud när våra blickar möttes. En oändlig skara av fiskar i alla de storlekar och färger rörde sig runt oss. De flesta var för mig helt okända och utan namn. Det var ju inte fiskar som rör sig i Storsjön precis.

På vägen ut i den stora hallen fanns små akvarier med bland andra små gröna sjöhästar och andra små vattendjur som jag aldrig sett eller kunde något namn på. Efter denna mycket intressanta dag gick vi ut till de väntande förarlösa tågen som tog oss tillbaka till fastlandet och andra äventyr. Men det får bli en annan historia.

© *Lena Deimo*

ANITA PAULSSON

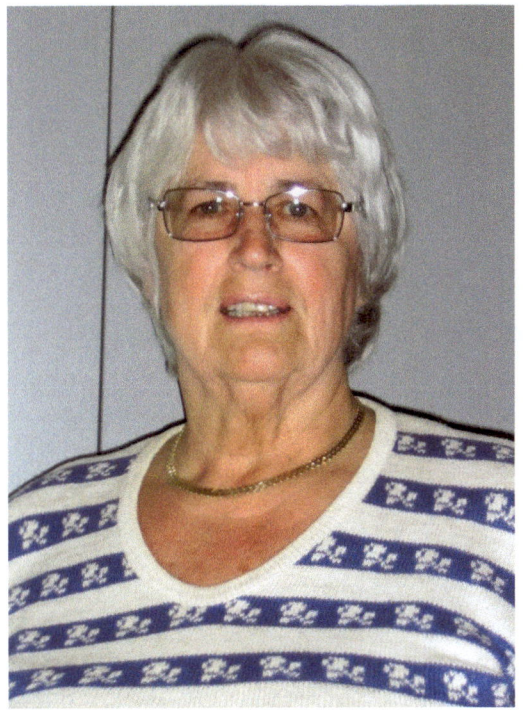

Jag är född och uppväxt i Haverö och Rätan, nu boende i Östersund.

Jag har nog alltid haft lust att skriva. I skolan var det uppsats och sen i tonåren hade jag många brevvänner. Nu har jag en kvar och det kan bli rätt långa brev mellan Prag och Östersund. Nu har jag också mina skrivar-vänner, som jag träffar under vinterhalvåret och vi uppmuntrar varandra att skriva till varje träff. För barnbarnens skull har jag börjat skriva och berätta om min barndom. Uppväxt på landet med jordbruk, djur och fäbodliv. Det kanske kan bli ett trevligt minne av farmor en vacker dag.

Publicerad:
Ordväv, Skrivande kvinnor i Jämtland

© *Maria Andersson*

HÖST

Morgonrodnad

björkens löv förändras

solen silar strålar genom grenverket

grönfink söker frön

ljungen färgas lila

en sval bris böjer gräset

110

bär och svamp berikar skog och myr

astrar blommar i rabatten

flyttfåglar förbereder avfärd

Storsjön mörknar

tidig kväll, ljummen vind

stjärnor på marinblå himmel

vintermörkret börjar födas

Rönnens löv bildar rödgult täcke

en sidensvans tar sista rönnbäret

solen glittrar mellan gula björklöv

och strålarna träffar trädgårdens gullris

Fåglar samlas i grupper och förbereder avfärd.

svamp och bär har plockats

kyrkogården pryds med ljung och enris.

en sydvästlig vind känns sval mot min kind.

en färgsprakande årstid innan naturen färgas vit

Ord

Ord kan vara lycka
meningen med livet

Ord kan riktigt såra
ta ingenting för givet

Ord kan bygga broar
binda vänskapsband

Ord kan visa kärlek
ritade i sand

Om orden inte fanns
då vore boken död
och världen tyst...

SPRAKANDE SOLNEDGÅNG

Sprakande brinnande solnedgång
aftonhimlen börjar glöda
regndroppar som kristaller blixtra

En mörkklädd man vill ej bli sedd
han bor i huset längst där uppe
i mörkret bakom berget, längst där uppe

Vill vara ensam, i lugnet längst där uppe
faran där i mörkret är ett stup
hans dotter föll, det var det tragiska
hennes ande, tror han, svävar där likt svalor

© Anita Karlsson

REGNDROPPAR

På taket har landat en droppe av regn

den glänser och glittrar i solen

med vinden fördes den hit

den klamrar sig fast i en våg av tegel

Se! En till likadan, precis som i en spegel

två små diamanter, som solar sig i glansen

båda lite skrämda för fortsatt färd

där nere öppnar sig nog en helt ny värld

de glider långsamt ner i en ränna

och möter det nya tillsammans

Den nya världen är grön, mjuk och skön

ett gungande grässtrå att vila på

solen värmer dem båda

Tänk att livet kan sluta så!

© Anita Karlsson

DEN LILLA SJÖN

Min lilla älskade sjö

jag tror den sakta håller på att dö

den börjar ändra färg från blått till grönt

Gå i vattnet med bara fötter, är inte längre skönt

116

man sjunker ner i dyig botten och vill ej bada där

den härligt friska doften, finns ej längre här

Fåglarna runt sjön, verkar trivas ganska bra

de vistas här bland vass och gräs

för dem det verkar vara som det ska

Jag går här och minns, hur det var när jag var barn

jag tappade min docka här, som var stickad utav garn

min lilla Lovali nog kanske drunknat har

hennes rosa klänning, som mamma sytt, den har jag kvar

En liten sjö, men kanske någon fisk finns kvar

här nappade abborrar, när jag som barn var här med far

här fanns ett litet båthus, en roddbåt och en brygga

I solnedgången när man satt här, störde inte ens en mygga

här var så skönt, här doftade så gott

här badade vi barn och vattnet var så blått

Men hoppet finns att alla hjälper till

att alla som har makten, kan göra något och vill

bevara vår natur till dem som kommer sen

och rensa sjön, så den blir ren och frisk igen

FLICKA PÅ STRANDEN

Det sitter en flicka på stranden
en vacker försommardag
med block och penna i handen

Vinden är ljum och svag
på vattnet simmar två änder
det ser ut att vara ett par

Flickan rör raskt sina händer
och snart är bilden klar
en dagbok av tecknade bilder hon gör

Hon sitter här varje dag en stund
känner stillheten, bara fåglar hon hör
vid hennes sida ligger en hund
den är hennes trygghet, för ensam hon är
just nu, där hon bor långt från byn

men hon trivs och känner sig lycklig här
och förlitar sig på Guds försyn

Hon har tecknat det andpar som säkert blir fler
tätt simmar de samman och kärlek man ser
hon tänker på detta och sitter och ler
när ungarna kommer ska hon gå ner
till älvbrinkens strand och hoppas då
att få teckna familjen med de små

Dagens bild är nu klar
nu går flickan och hunden hem
dagboksbladen hon spar
men undrar ibland till vad och för vem?

© Lena Deimo

ANN-LIS PEDERSEN

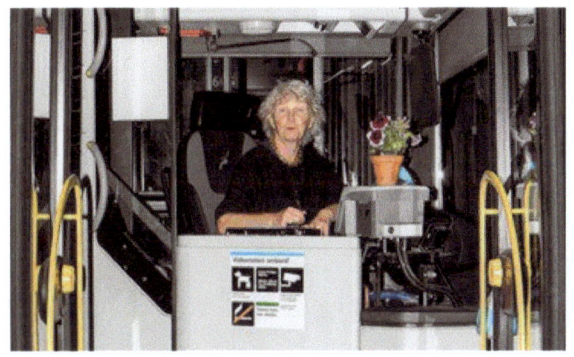

Mitt textbidrag i den här boken handlar om olika upprepnings-moment i mitt arbete som busschaufför i Stockholms innerstad. Min hjärna invaderas av information när jag arbetar med bussen. Jag tar blixtsnabba beslut varje ögonblick. Marginalerna är mycket små, någon människa får aldrig skadas.

Jag är också trädgårdsmästare. Tystnad, långsamhet, ensamhet och jord.

Och så skriver jag.

CHARLOTTA MUNKBERG - fotograf

Mitt yrkesverksamma liv har stora likheter med ett lapptäcke. Under de senaste åren har jag kört buss i Stockholm City och jag ser fram emot att inom kort kunna lägga "ratten" på hyllan. Jag är en entusiastisk amatörfotograf, och lugnet och stillheten hittar jag utanför stadens hank och stör.

5 - 60 SEKUNDER

© *Charlotta Munkberg*

De

Dörrarna är stängda och nu öppnar jag dem med ett lätt tryck på den röda öppningsknappen. De vrids inåt och delar sig i två likadana delar, som tvillingar. De svarta gummilisterna, de som tjuter om de blir klämda inramar resenärernas påstigande och blir den ram genom vilken de möter mig. En och en frigör sig individer ur det kollektiva väntandet och blir enskilda personer för att stiga på bussen och sedan bli kollektiva igen och transporterade. De kallas *de*, ett samlingsnamn, då de är resenärerna, stockholmarna, pendlarna, passagerarna, turisterna, skolbarnen och för vissa enbart kunderna. Men alltid *de*, en massa. Bussen jag sitter i är antingen den röda, som är 12 meter lång eller den blå, den är 18 meter. Som mest väger en buss bortemot 30 ton, då står de tätt packade och sitter nästan i mitt knä.Där inne är jag chefen. Det allra tryggaste med bussen är att när dörren är öppen, ja, någon av dörrarna är öppna kan inte bussen rulla. Ska inte bussen rulla. Den rullade ändå en gång, fast den inte skulle. Efter den gången sitter en blåmetallisk vimpel inom mig och signalerar fara-fara-fara-smärta så snart jag öppnar dörrarna. Men förhållandevis, i relation till, med tanke på, och utan jämförelse är det lugnast i mig när bussen står stilla än när jag kör den i Stockholms vimmel.

© Charlotta Munkberg

Biljetten

De som väntar vid hållplatsen väntar ofta i grupp. De som stannat någon annanstans längs de vita hållplatsstenarna går långsamt mot framdörren när jag saktar in bussen och stannar. De som är äldre och lite ofärdiga står dikt på den linje som markerar bussens stoppzon, knopparna och ränderna. De stiger in först. Sedan kommer alla andra utan inbördes ordning.

Människokropparna kommer ibland obehagligt nära varandra, kan jag se. Det är fullt av undvikande rörelser, med avläsande kvicka blickar och med fumlande, letande, öppnande av väskor, ryckiga rörelser med axlar och så

123

kommer sucken. Lättnadssucken. Här är kortet!! Bip. Inne. Jag har rätt att få åka med! Jag är okejad! Mitt mutter-ord vid sådana strypta tillfällen är: Lugnt. Det är min välsignelse och den verkar omedelbart. Jag tror att de hör att de får åka gratis om genansen är framme och de inte kan hitta åkkortet eller att tiden fortfarande är på deras sida så att de kan leta vidare i skrymslena. Det betyder det också. Vad jag inte säger är att välsignelsen också betyder att jag inte bryr mig om de har åkkort eller ej, för jag tycker det är deras rättighet att få transportera sig i huvudstaden. Det är deras eget ansvar att ha biljett eller ej. Jag har ju fullt sjå med att hålla reda på allt annat som händer och som jag måste förutse. Jag ska köra bussen tryggt och säkert och det gör jag endast om jag själv är trygg och säker. Tjafsa om biljetter är oftast mycket påfrestande. Men det verkar som om resenärerna har större lydnadsbehov än jag. Resan är ju redan till viss del betald genom skatten brukar jag tänka? Höj skatten med några ören och mitt arbete blir lugnare, alla slipper dessutom biljettkontrollen. Det har hänt att jag utvecklat min inställning under kvällsresor med någon resenär och dessa samtal slutar alltid i gemensamt ställningstagande för gratis kollektivtrafik. MEN det finns situationer då jag bryr mig om de har biljett. Behandlas jag som golvtrasan själv och förväntas vara osynlig och dessutom luras så brukar jag kasta av folk. ”UT” ropar jag då med handbromsen i. ”UT, den här bussen rör sig inte ur fläcken förrän DU gått av.” *Behandla mig inte som skit*, skulle jag också vilja jag ropa, men gör inte det. Då är jag oftast nedsliten av kaoset i staden och oförmågan att bestämma över min arbetssituation. De jag nekat åka med mig går alltid av. Mig har de aldrig slagit. Bakom min buss står ofta då en annan buss och en annan chaufför. De stiger på där. Då ler jag ett snett leende.

© Charlotta Munkberg

Vänta

Långt borta i yttre backspegeln kan jag ofta se en springande gestalt. Ett kvarter bort. När personen närmar sig kan det visa sig vara en yngre person, men det kan också vara någon som springer med sin rullator framför sig. Barn springer och mycket gamla människor springer. De kan ha kostym och de kan ha högklackat. Ibland låter jag bussen stå kvar vid hållplatsen och väntar tills de sprungit klart. Säger de inte tack när de stiger in genom dörren, ofta flåsande, säger jag till dem att de ska säga tack. Då säger de tack. Säger de inte tack på uppmaningen blir min blick hård och jag skjuter en svart ögon-pil rakt in i deras huvuden. *Men är du dum?* är pilens budskap, *hur kan du tro att en buss i Stockholm ska stå och vänta på att du ska komma fram till hållplatsen? Hur viktig är du? Var går gränsen för antalet personer den ska vänta på? Hur länge ska den stå? Och varför tro att just den här bussen är den sista? När nästa kommer om 6 minuter sisådär. Jag har faktiskt ingen skyldighet att vänta, bara så du vet.* 98 % säger tack självmant.

Vift vift

"Hej på dej", svarar jag på deras hej när de stiger på. Nästan alla hälsar på mig. Jag kan märka en viss irritation när jag inte hälsar tillbaka. Ett snett drag över munnen, ett ögonlock som sänks just på de människor som just går in just som jag sänker blicken från backspeglarna och ser dem genom ögonkroken. Ingen vet att jag också övervakar alla de som går av bussen genom att titta i backspeglarna. Men jag vill inte förklara att mina två ögon bara klarar av att observera en sak i taget. Jag prioriterar inte de påstigande och hejandet förrän jag försäkrat mig om att avstigningen av passagerare fungerat och att barnvagnarna kommit in. "Hej." Ju fler jag hälsar på ju fler vill också att jag ska vifta med handen och säga "hej då!" när de går av. Speciellt om vi bytt några ord om t ex försening, påsken, vädret, taxibilar, sportevenemang… då är vi typ kompisar. Det är hembygd i Stockholm, det spelar ingen roll om platsen heter Kungsgatan eller Karolinska sjukhuset. "Hej då!" Vift vift. "Vi ses!" Det hejas mer nu än för 5 år sedan, på något sätt har det blivit ett vilt hejande. Ibland kastar jag också en blick mot en mötande buss och höjer då handen till hälsning. Hej hej. Jag föreställer mig att vi alla håller på med inkludering, ett sorts hem-skapande. Det är gulligt och känns mjukt i allt det hårda.

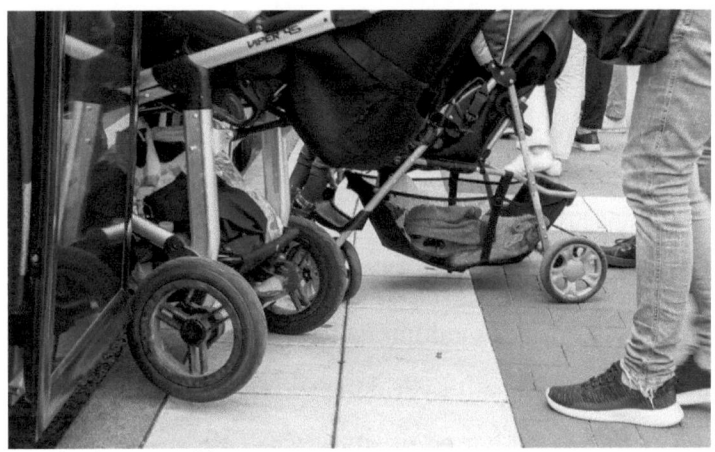

© Charlotta Munkberg

© *Charlotta Munkberg*

Mittgången

Ett pip kan få mig att återigen höja blicken mot backspeglarna och se en barnvagn som vill komma in vid mittdörren. Med den manuella knappen öppnar jag dörren och då låses dörrarna automatiskt, sedan trycker jag också på en knapp för att sänka bussen. För allt i världen vill jag underlätta påstigandet. Bussen ska snart gå. Jag har en tid att passa. Tiden mäts i sekunder på min färddator. Jag släpper nu helt kontakten med de som går in genom framdörren och stirrar envetet i backspegeln. Hamnar barnvagnen där den ska hamna är frågan och finns plats? Om och om förstås, om rullatorer och dess rullare och förvirrade småbarnsföräldrar och plankande luttrade föräldrar ger plats. Det är inte mitt problem om de inte kan samsas. Jag försöker in i det längsta att inte lägga mig i hur de gör. För min del kan de stapla allt på höjden, på sätena, på sina knän, bara inte blockera mittgången. Då kan jag tjafsa. Det vill jag oftast. Mittgången är helig. Jag kan ställa mig upp och säga att "du, du får gå av, det finns inte plats för din rullator eller din barnvagn och du kan VERKLIGEN INTE STÅ OCH BLOCKERA UTGÅNGSDÖRREN ELLER MITTGÅNGEN FÖR DET ÄR EN NÖDUTGÅNG". Vid sådana tillfällen har jag påmint mig själv om att det absolut värsta som kan hända är att det börjar brinna i bussen. Bara tanken gör mig nervös. Jag försöker tänka den så lite som möjligt på det, men om barnvagnarna eller rullväskor eller annat skrymmande växer som ett berg någonstans där de inte ska vara vaknar nerverna. Motorrummet med oljorna sitter längst bak i bussen och gastuberna vilar på bussens tak och inte under golvet. När gastuberna exploderar är det tänkt att eldkvasten ska gå rakt upp i Stockholmshimlen och om oljorna brinner ska det gå att komma ut genom dörrarna framåt. Men vem kan lita på att allt som är tänkt verkligen fungerar som det är tänkt? Om paniken utbryter?

Mångfald

De som kommer in genom de öppna framdörrarna på bussen kan ha vilken färg som helst på hud, ögon, naglar, hår och kläder. De kan tala till mig i korta meningar, endast frågeord eller längre föreläsande utläggningar, på alla möjliga språk. Jag löser det genom att prata svenska. Av någon för mig obegriplig anledning fungerar det alldeles utmärkt att prata svenska med alla resenärer, från vilket land som helst. Det krävs bara att jag artikulerar ordentligt. De förstår direkt. Deras röster kan vara behagligt runda eller pipigt tunna, eller låta som förskrämda kaniner. Vissa tystnar aldrig förrän de går ut genom bakdörrarna, andra mimar och jag får använda min egen kropp istället för rösten för att göra mig förstådd. Tidvis hisnar det för mig, mångfalden får mitt hjärta att sprängas av glädje och jag drömmer mig iväg. När det händer blir bussen stående vid sin hållplats. Ingen av dem säger något, som "Kör då!" De är oftast själva försjunkna i sitt och väntar tålmodigt. Jag kan då väckas av något utifrån; ett tut, ett pling, ett rytande från någon irriterad bilist. Jag trycker då på alla knappar för att stänga dörrar, ser i de yttre backspeglarna om kusten är fri, ser i den inre för att kontrollera att alla sitter där de ska och att ingen vinglar runt långt bak i den långa bussen. Så höjer jag volymen på radion och trycker ner högerfoten på gaspedalen. Ratten vrider jag mjukt åt vänster.

Och strax upprepas allt igen.

© *Charlotta Munkberg*

© Lena Deimo

© Lena Deimo,

INGRID LINDBERG

 En äkta "Järpstårsch" Järpen - flicka, det är jag Ingrid Lindberg, som älskar sin by. Uppvuxen i ett mycket enkelt skogs-arbetarhem i paradiset Hallänge, en bit nordväst om Järpens centrum.

Redan som barn grep jag förtjust tag i färgkritor och lät fantasin ta form på det vita omslagspapperet mamma försiktigt lossat från varorna! Fint omslagspapper var en rikedom för ett barn på 1940-talet.

En naturälskare och skribent som i tonåren kände att hon skulle vilja bli författare. En äldre väninna delade dessa intressen, och vi gick i skogen och samlade kottar till vinterns brasor, plockade bär och pratade skriverier.

Publicerad bl.a.

Ordväv, Skrivande kvinnor i Jämtland

FÖRÄNDRINGAR

Avsked, hur många avsked ska jag tvingas genomleva? Jag såg mig runt om i den gamla ladugården. Lät ögonen kyssa till avsked kobåsen, kalvkätten, hyllan med ryktborsten, den gamla kantstötta kastrullen som mor haft vatten i för att tvätta kospenarna före mjölkning. Det luktade ännu gammalfjös som påminde om verksamheten därinne, trots att mer än sjuttio år förflutit.

Jag reflekterar aldrig över eventuella förändringar så länge allt förflyter lugnt. En dag händer något. Plötsligt rämnar jorden och gungflyet blir ett faktum. Här på torpet har hela vida världen inrymts. Här fanns Hawaii. Det såg man ju tydligt klara kvällar vid solnedgång då himlen brann, för på Hawaii var himlen alltid brinnande gulröd. Det hade ju tydligt synts i veckotidningarnas romanillustrationer. Och en bit in i skogen hade vilda västern legat där Anderssons Birgitta, grannflickan och jag byggt ranchen

"Rocking H". Där vi i brist på buffelkött, på öppen eld stekt äpplen i höstmörkret.

Enbart torpets ängspromenader hade bjudit på äventyr när jag letat rätt på blommande gentiana, eller tibasten om våren. Varje årstid ägde sin specialitet.

Min blick föll på fjösets gödselglugg.

Nej men här var ju en tavla med vitkalkad infattning! I diket nedanför fjöset slokade mörkbruna brännässlor som blivit av med klorofyllet. En tavla i vitt och brunt.

Sedan kom turen till det gamla utedasset. Tänk om de kungliga visste att de fick pryda väggarna på utedassen hos folk lite varstans. Färgerna hade med tiden blekts ur Hemmets Veckotidnings omslag. Men kronjuveler och finkläder syntes bra, liksom glänsande leenden från tidningen Hela Världens ansikten.

Oj, så många kalla kvällar vi gjort sällskap hit, mamma och jag. Om vintern, hoppat till av överraskning när rumpan landat på den iskalla sittbänken. Frusit vid avlämnandet av kropparnas bidrag. Som för trivseln och synens skull eldat stearinljus i mörkret. Åtskilliga gånger hade termometerns blå visat på minus trettio, till och med fyrtio grader. Jag lyfte blicken till fönstret med spindelväv och flugskit, såg upp på de sexrutiga fönstren på barndomshemmet. Stod inte pappa där och såg ut genom rutan? Så ödsligt allting blivit. De vackra minnena stoppade jag in i hjärnans skrin. Skattefritt.

BUSIGA ÄNGLAR

Väderguden är inte nådig. Gång efter annan låser han ute änglarna från toaletten och tvingar dem att låta sitt vatten över mänskligheten.

Varför? Jo, änglar är som vi människor, ibland flyger buslystenheten i dem.

Väderguden tog dem på bar gärning när de hoppade bock och åstadkom en spricka i himlavalvet. Det slog gnistor om honom när molngolvet brast. Inte bara som straff utan i renoveringssyfte utestängdes de himmelska varelserna från toaletten och följden har vi ju här på jordkulan fått smaka på mer än någonsin.

NATURSVÄRMERI

Rosenbönan klänger kelsjukt runt solrosens stam.

Luktärten smyger svartsjukt in sina gröna knorrar runt bladfästena.

Humlan smeker med lätta händer nektarn innanför den gula kragen.

Fjärilar svärmar, kysser mjukt, lämnar osynliga spår tills larven kläcks

Fjärilsliv - ett ansvarslöst liv i svärmeri.

Tomaternas gröna frukter glänser i busken.

Nyskördad kvanne från djupa skogens kärrmarker

hänger för att bli eternell.

BANTNINGSSTICKAN

Problemet med figuren löste sig självt, trodde jag, när mina ögon en dag fastnade på omslaget till en veckotidning. Med tjock svart skrift stod det "Extra, bantningsstickan som hjälper dig bli smal!"

Det måtte vara en sällsynthet att en sticka hjälper för att bli smal, tänkte jag och lät mig frestas till inköp av tidningen. Av ren nyfikenhet. Helt fascinerad av tanken att kanske slippa avstå från godsaker.

I tidningen följde det med en sticka inpackad i folie. Såklart följde det med en diet. Nåja, det borde jag kunnat förstå att det alltid följer diet med bantning. Skam den som ger sig, det blev att till att ta sej i kragen, försöka.

Dieten hade att göra med kolhydrater. Vad mina ögon däremot registrerade var stickans funktion. Det stod att man skulle sikta in morgonens första urinstråle på en viss del av stickan. Nu skulle man varit kille, det var ju inte så lätt att sikta rätt.

Sedan stod det att om stickan färgades röd hade "fläskförintelsen" satt igång. Min sticka blev röd och jag hoppade upp i luften, vrålandes av glädje. Resultat redan efter ett dygn. Jag kände liksom hur min kropp blivit lättare. Tills jag såg orsaken. Jag var ju kvinna som hade en bit kvar till klimakteriet.

© *Lena Deimo*

©Lena Deimo

MARGARETA ÖSTERBERG

Jag är född i byn Lien i Östjämtland men är sedan många år bosatt i Järpen i Väst-jämtland.

Jag har nog aldrig riktigt växt upp från den ålder då barnet går omkring och sjunger egendomliga egna visor. När jag blev något äldre kallade jag dem "dikter". Upptäckte då även en lust i skrivandet som jag har behållit genom åren.

Jag hoppas att jag genom att dela med mig av några av mina texter kan inspirera någon annan att plocka fram det kreativa och fria barn som vi alla bär inom oss.

Publicerad:

Ordväv, Skrivande kvinnor i Jämtland

141

PRESENTATION

Barnmorskan kom med brandbil
mitt under krig och bensinbrist.
Skrek första skriket i Lillstugan på gården.
Växte upp hjulbent och kaxig.
" Här hoppar inga halta höns!"
Boken"Stjärnöga" väckte ett begär.
Böcker, böcker, böcker!
Gick i skogen och sjöng egna visor
och dängde pojkarna på skolgården.
Fasade för fiskbullar
och fick blodsmak i halsen på skidtävlingar.
Realskola och så barnflicka i Sundsvall.
Nytt jobb i Lappland och ett nytt begär.
Fjäll, fjäll, fjäll!
Lärarexamen och bröllop.
Å så en pojke. Lycka!
Å så en pojke till. Lycka!
Å så en flicka. Lycka!
 Hämta och lämna,
jobba och jobba!
Blixt i huvudet och sedan frisläppt.
Vila under björkarna hemma
och så måla och skriva.
Just nu en något värkbruten livsavnjutare.

RECEPT MOT ÅNGEST

© *Margareta Österberg*

Sätt en gryta på elden och fyll den med syra
  slå i lite konjak och räkna till fyra
  krossade fågelben - smulade drömspån
  två lispund såpa och mormors vaniljrån
  kanoner och visslingar - tissel och tassel
  rostiga nycklar och blad från en hassel
   en simpa - glykol och 20 g svål
  vattrum och skvattrum och sillakedill
  pussmoja - snusnoja och lite till.
Blunda och gapa och räkna till fem!
Ett – två –tre – fyra –fem ! !
    Om du nu ej genast från ångest blir bra
    bör du en matsked av brygden ta.

143

STRESS-RAP

Hjärtat bankar, bankar, bankar,
det är stress i mina tankar!
"Tankar " gör jag, fyller på
allt jag måste göra. Åhhh!
Laga middag, diska, damma,
borsta hunden med detsamma,
klippa håret, vaxa bilen,
vaxa benen, hålla stilen,
skriva brev till moster Hanna,
putsa silvret, skedar, kanna
baka bullar, gratta Fia,
skura spisen, Mamma mia!
Putsa fönster, måla huset,
plocka ogräset i gruset,
sy och sticka, måla, skriva
pudra näsan, vacker bliva,
vattna blommor, omplantera,
hålla formen, promenera.
Rädda världen, värna freden
kratta gården, hämta veden.
Vara orädd, inte gråta!
Älska, trösta och förlåta!
Aldrig känna någon press,
blott tänka gott om dagens stress.

VAGGVISA

Duvdunkla strävtona mossvädernatt

Alvbarnet vaggas i mollton

Svartsvedje älvkåre grönblekeblad

Nu natt smyger in över trollmon

TELEFONEN RINGER

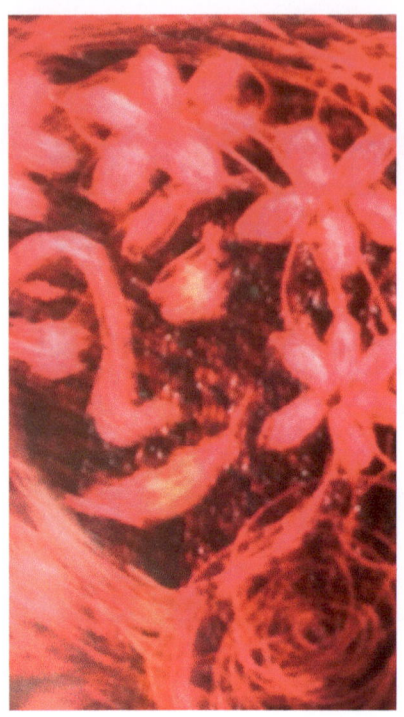

Telefonen ringer. Hon svarar inte.
Hon sitter uppkrupen i soffan med ett
pappersblock i knät och skriver - eller
rättare sagt - försöker skriva. Hon blir
avbruten av ilskna telefonsignaler, men hon
tänker inte svara. Skrivuppgiften hon åtagit
sig måste vara färdig om några timmar och
det fanns andra i huset som inte kunde
undgå att höra signalerna och borde kunna
svara i telefonen.

Texten hon måste skriva skulle börja med
"Telefonen ringde."

Hon känner att hon ville börja med ett kort och kärnfullt:
" Telefonen ringde. Hon svarade inte."
Sedan gäller det att fantisera fram en fortsättning. Varför svarade Hon
inte...? Låg Hon mördad av sin svartsjuke make i rummet intill? Är Hon
djupt deprimerad och alltför olycklig för att svara? Är Hon rädd för den
efterhängsne sexdåren som brukar ringa och flåsa i luren? Är Hon kanske
fortfarande inte född? Finns Hon i en annan dimension så att hennes händer

bara skulle glida genom telefonluren om Hon skulle försöka svara?

Telefonen fortsätter att ringa ilsket och uppfordrande . Varför svarar ingen?

Hon tänker i alla fall inte lämna soffhörnan och sitt skrivande! Hon sätter

händerna för öronen och blundar hårt för att i en egen inre värld försöka lösa

mysteriet varför Hon inte svarade när telefonen ringde. Och vem var Hon??

En kvinnlig varelse tydligen . Men hur såg Hon ut och hur gammal var

Hon? En del författare hemsöktes av inre röster och bilder av varelser som

ville bli synliggjorda hade hon hört. Kunde en sådan inspiration infinna sig

även om man blev störd av en ilsken telefonsignal som inte gick att stänga

ute? Hon trycker händerna ändå hårdare över öronen. Inga bilder - inga

röster - bara ljusblixtar och flimmer och en växande irritation. Varför svarar

ingen?? Ska hon alltid behöva göra allting – alltid! Det är alltid så här!

Telefonen ringer. Hon svarar.

© Tilda Langland

TILDA LANGLAND

Skrivande har alltid varit en del av mitt liv. Jag har avreagerat mig, skrivit ned sådant som inte kan sägas, skrivit om det jag aldrig själv kommer att få uppleva och fantiserat vilt.

När jag skriver är det känslorna som styr, oavsett om de är positiva eller negativa.

SKAPA NÅGOT NYTT

Ibland önskar jag att jag kunde tappa fattningen totalt. Släppa tyglarna, lossa mina knutar och bli galen.

Inte lyssna på andra, inte oroa mig för deras känslor. Lossa rötterna från marken och slänga dem åt helvete. Krossa glas och rasera murar, inte se dem i ögonen.

Lätta från marken och sväva. Inte slå dem med häpnad, bara på käften. Sväva, flänga, flyga. Se allt från ovan.

Spotta på det onda, det brännande heta, och höra dem fräsa.

Sparka nedåt, svinga uppåt, vända deras värld upp och ned.

Trampa på alla tår, krossa alla trösklar. Ta avstamp från nuet och kasta mig loss, lös ur världens grepp.

Bryta grenar och knäcka stenar. Skita i rim och reson och följa ingen. Leva som ingen, en ny start, ett nytt liv, i en ny värld.

För att födas på nytt måste vi alla brinna. För brinner du inte är du ingen ståtlig Fenix. Brinner du inte så är du redan dränkt och borta, utom räddning.

Den som inte brinner fastnar i limbo. Och i limbo är du förlorad.

Men jag släpper min egen ögonkontakt, tar ett djupt andetag, fortsätter framåt.

NÄR ÅNGEST FLYTTADE IN

Hej. **Du igen.** *Du kan gå nu.* **Va?** *Du kan gå, ta ditt pick och pack och försvinn.* **Men vad då, varför ska jag gå?** *Jo men jag flyttar in nu. Jag har ju funnits här rätt mycket den senaste tiden så det är lika bra att göra det permanent.* **Men va fan, det bestämmer väl inte du?** *Jo, det har jag alltid gjort.*
Men vart ska jag ta vägen då? *Du kan ta hipocampus.* **Minnen? Är det vad jag skall leva på menar du?** *Det gör du ju redan.*
Självklart kommer jag och hälsar på där ibland, du kan ju inte få känna dig ensam. **Du, du rör inte mina minnen.** *Jag gör vad jag vill och det vet du.*

Hur ska jag få plats med allt då? *Det är lugnt, jag bränner några broar och klipper lite band så får du massor med plats.* **Nej, va fan gör du!?** *De* **där människorna betyder jättemycket för mig...** *Gör dom? Det verkar inte betyda tillräckligt för att svara när de ringer, skicka ett sms eller ens tänkas på utan att bjuda in mig. En skulle nästan kunna säga att du verkar skita i dem.*
Jag bryr mig visst, det är bara det att du är i vägen hela tiden.

Kan du inte bara gå härifrån? *Glöm inte att det är ditt fel att jag är här. Det är du som framkallat mig, jag gör bara ditt jobb. Det är ditt fel att jag tar plats. Det är ditt fel att jag klipper band och bränner broar. Det är ditt fel att jag jagar ut dig själv ur ditt eget huvud, får dig att hukande gömma dig i ett kallt och grått hörn, ensam och utan framtid. Det är du själv som får väggarna att drypa av tårar.*

Du har förstört allt. *Du, jag har bara börjat.*

© *Helene Johansson, akvarell*

HELENE JOHANSSON

Jag är från Järpen men född i Solna.

Jag målar, (främst akvarellist) och skriver.
Båda är ett sätt att tolka och uttrycka sig.

Att få använda fantasin och även att spegla det faktiska.

Jag älskar katter och att leva med dem. I övrigt gillar jag djur och natur.

Landsbygd med kossor, hästar m.m. och skog.

HUNDVALPEN

© *Helene Johansson*

Johan hade länge gått i tankarna att han skulle ha velat skaffa en jakthund. Han hade funderat hit och dit. Tankarna gick hela tiden till stövare. Då återstod också frågan Hamilton eller Smålandsstövare? Det var dessa två som låg mest i hans intresse. Det viktiga var ju att den var driven på att jaga hare. Han satt vid köksbordet och läppjade på en sockerbit medan han sörplade upp kaffet från fatet. Att dricka kaffe på fat var det godaste sättet att inmundiga kaffe på tyckte han. Dropparna blänkte i mustaschen från solljuset som strålade in genom fönstret. Han studerade den små rödvitrutiga duken mot den träfärgade bordsskivan när det plötsligt knackade på dörren.

- Kom in som daggdroppen i daggkåpan.

- Vad gör du? sa Gustav på Mon.

- Nja, svarade Johan, jag sitter och funderar på det här med hundvalp. Det skulle inte sitta fel att få tag i en bra harhund. Tvärtom de enda som skulle titta snett på det är väl snål-bönderna vi har omkring oss i sådana fall.

154

- Ja,Östen på bruket i all ära, för han är ändå ganska reko. Men nog är han lite väl styv över hur bra hund han har, sa Gustav.

- Ja, fast hon är bra Raja. Något liknande skulle man ha.

Det gick en tid och innan han själv visste ordet av, så hade han en valp som låg framför honom och tumlade runt och gnagde på hans raggsocka vid morgonkaffet. Emma hans fru var också glad för den. Han var bara så rädd att hon skulle skämma bort Klinga för mycket. Namnet hade valpen fått för Johan tyckte att dess skall redan klingade så fint i skogen, när de små-tränade lite.

- Skämma bort och skämma bort, sa tröskverket. Ska du säga. Hon får ju alltid sista kaffeslurken av dig på fatet varje morgon. Hm, hm skämma bort?

I dessa dagar hade Snus-Johan fullt upp på vedbacken. Han sågade och klöv ved hela dagarna och mellan dessa stunder så hade han stora bestyr med att dressera Klinga. Det gällde att ligga i om man ville ha en bra hund. Men hon hade bra lynne och det var ett bra ämne i denna Hamiltonstövare. Så förutsättningarna var goda. Vedbodsdörren stod öppen för en del av veden behövde torka på lite. Så han lät det vara korsdrag för i andra änden av boden stod fönstret på vid gavel. Han skulle tagit hand om veden redan i våras men tiden räckte inte till. Nu var det redan höst och kylan låg bister denna tidiga september morgon.

Klinga var som vanligt med honom ute och stormade förtjust emot Gustav på mon när denne dök upp. För att kolla hur det gick med hunden och för att surra bort en stund. Hon slickade febrilt på hans fingrar och även ansiktet fick sig en omgång när han satte sig på huk.

- Ja, se nu får du dig en rejäl rundsmörjning, skränade Johan.

Emma öppnade dörren och ropade att pannan stod på spisen.

- Jo jag tackar, svarade Gustav.

De satt kring bordet och det knastrade hemtrevligt i spisen, som omgav dem med en skön värme som bara en vedspis kan göra.Snus-Johan skruvade av radion och rörde om i koppen.

- Varse god doppa av alla sorterna, sa Emma och ställde fram ett fat med vetebröd.

Klinga låg under bordet och gnydde, förväntansfull över att någon skulle tappa en smula. Ett, tu och tre small det till på fönstret! Blommor och blad yrde runt ikring.

- Där satt den, sa Johan med ett illgrin.

- Håll på så du skjuter sönder pelargonerna, sa tröskverket.

- Ha, ha, skrockade Gustav. Man kan säga ett och annat men pricksäkert var det i alla fall.

På fönsterbrädan låg flugan platt efter att ha snärtats till av gummisnodden som Johan skjutit med.

- Ja och fläckar på rutan blir det också. För fönstret är inte pricksäkert, fortsatte Emma.

När de druckit upp gick de ut.

Johan gick mot vedbacken och Gustav stod en bit bortanför till vänster om vedboden, då de hörde en hund som förde ett fasligt liv.

Klinga brydde sig inte mycket i början. Men hon blev förstås mer nyfiken efter ett tag och begav sig en bit nedför läggdan. Där hon satte sig lite avvaktande på en liten berghäll.

- Ja, du ser så lydig hon är, sa Johan. Gustav instämde.

- Man skulle kunna tro det var hardrev, sa Gustav?

- Ja ta mig tusan det låter inte bättre, sa Snus-Johan.

 De båda gubbarna såg på varandra och funderade.

- Jag går efter bössan, sa Johan, man vet aldrig vilken väg det tar.

- Vad ska det nu bli, undrade Emma när Johan stod med näsan i vapenskåpet och rafsade åt sig några patroner.

- Inget särskilt, svarade han och skyndade iväg.

- Jo jag undrar jag med den elden i baken, muttrade Emma för sig själv.

Ute på gården väntade Gustav spänt med information om att det absolut var ett pågående hardrev. Och att det måste vara Raja.

- Jag tycker det hörs så på skallet, sade han ivrigt.

- Jo, ja, svarade Johan. Visst låter det så.

Ljudet kom närmre och närmre. Till sist fick det se haren komma springande. Däremot tycktes det som att Raja fått upp fel spår för hon kom inte. Men Klinga som suttit på spaning höjde nosen, vittrade och sprang iväg med ett ylande efter harpalten, som sprang rakt in i vedboden i ren panik och fortsatte ut genom fönstret där Snus-Johan stod och lade iväg en salva efter den. Klinga sprang ivrigt fram till den, exalterad. Ung som hon var så var det här den första hare hon någonsin sett. Så Johan lät henne få nosa ordentligt.

När Johan hade passat haren och stoppat i granriset som Gustav plockat, hängde han upp den på vedbodknuten. Det dröjde inte länge förrän Petter Hågsjö, girigheten själv dök upp. Ivrigt förhörde han sig om ifall gubbarna sett till Raja?

- Nä, sa Gustav, borde vi det?

Johan nickade instämmande.

- Nej vi har inte sett till henne och det skulle märkts på Klinga i sådana fall.

- Konstigt, haren vek av i den här riktningen och Raja var efter men kanske kom på villospår.

- Ja vart har du Östen då? sa Johan.

- Nej han är inte med. Jag har bara lånat hunden av han, svarade Petter.

Klinga for runt och luktade intensivt på fläcken där haren legat. Hon gnydde och skällde.

- Märkligt vad valpen beter sig, sa Petter betänksamt. Han tog av sig mössan och kliade sig i huvudet.

- Är det innanför eller utanpå det kryper, skrockade Snus-Johan belåtet. Det kanske sätter hårt åt i maskineriet? Du är ju inte van vid att tänka förstår jag, ha,ha, ha.

Petter gjorde en kringrörelse och blickade åt vedboden. Spärrade upp ögonen vid anblicken av haren som hängde där.

- Har ni jagat hare? Den ser färsk ut? Vad är det ni hittat på?

- Hittat på hit och hittat på dit. Vi har aldrig påstått någonting. Vi sa bara att vi inte sett Raja, svarade Johan. Det var ju det du frågade om. Haren däremot den kom så snällt springande uppför läggdan. Och Klinga tyckte det var ytterst intressant.

- Förbaskade tjyvar, svor Petter. Det var mitt hardrev.

- Jag trodde det var Rajas, svarade Johan spefullt!

- Haren kom på min mark, utan hund efter sig och inte mycket till jägare i sikte heller.

159

- Förbaskat också skjuta haren rakt framför näsan på mig. Petter kastade mössan i rena ilskan. Plockade upp den och gick sedan sin väg.

- Om du går samma väg tillbaka som du kom så kanske du hittar hem innan det blir mörkt. Nu när du inte har Raja med som kan leda dig, ropade Johan retsamt.

© Lena Deimo

© Marie Andersson

MARIE ANDERSSON

Jag är skribent och akvarellkonstnär född och uppvuxen i Östersund. Att skriva och måla har jag i dagsläget som hobby men lever för att konstnärsdrömmen ska bli sann.
 Skriver gärna ner korta tankespår, små berättelser och dikter kopplat till motivet i mina tavlor men även kopplat mot händelser i livet.

 Jag följer inte nödvändigtvis de mallar som finns för dikt utan revolterar allt som oftast.

FILOSOFERINGAR AV MARIE

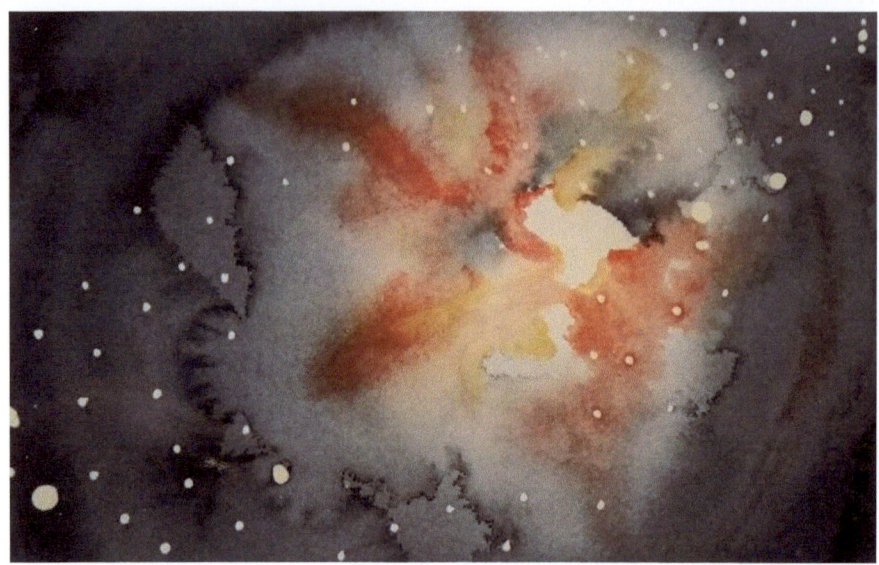

© Marie Andersson

Det skriker i min själ!

Det revolterar i varje cell i min kropp.

Jag vrålar inombords men min yta ser helt lugn ut.

Inte en krusning kan skönjas.

Ansiktet som en stenstod men med ledsna ögon

Plötsligt når en tår en ögonvrå och fördämningen brister.

Det bor en sådan sorg här.

En sorg som jag inte kan identifiera.

Till dig!

Jag känner mig stark!

Jag kan förgöra dig!

Du stackars lilla ynkrygg

som kryper efter väggarna
och inte törs möta min
blick.

Jag tycker synd om dig!

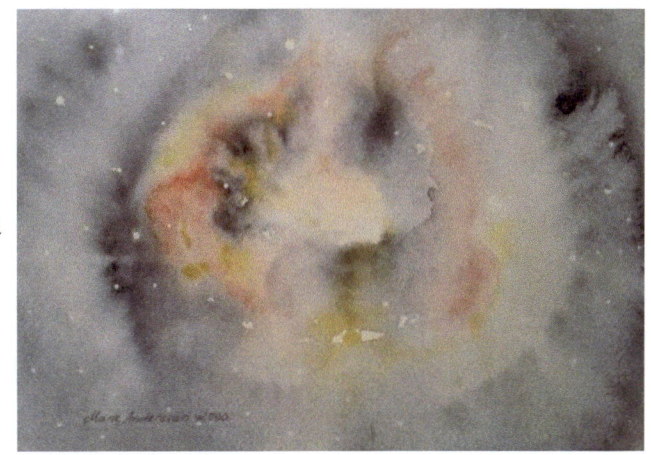

© Marie Andersson

© Marie Andersson

Ledsen

Jag känner mig ledsen

så oerhört ledsen.

Utan skydd.

Hudlös.

Det gör att ilskan når
ytan.

Skriker!

FAS

Frihet.

Vad betyder frihet?

Andas.
Hur kan jag få andas?

Sökande.
Vad är det jag söker?

FAS.
Vad betyder det att
genomgå en fas?

© Marie Andersson

Maries funderingar

STOP!

Vad vill jag?

STOP!

Vad behöver jag?

STOP!

Försöker få klarhet

Orden bara ramlar ur mig.
Vilka ord?
Vad är det som de vill säga mig?
Säga vadå!?

Vad vill du?
Kan du bestämma dig någon gång!

STUGVÄRDEN I LUNNDÖRRSSTUGAN

© Marie Andersson Lunndörrsstugan

I februari när stugan öppnas för säsongen så är det rått och kallt i alla rum.

Sängarna har ingen legat i på flera månader.

Ingen har vandrat över golven och ingen har eldat i spisarna.

Stugan öppnar sin famn och säger:

Välkommen hit!

Jag har väntat på er!

Ved hämtas in och brasor tänds i stugans alla spisar.

En värme sprider sig, så olik den av el och fjärrvärme.

Det är en hemtrevlig och upptorkande värme som lever och viskar.

Det knastrar så gott!

Stugan myser

Det finns en tystnad på platsen

En tystnad utan röster och utan motorljud.

Det enda som hörs är vinden som viner kring knutarna.

Det sprids en lycka i kroppen som bubblar och jäser.

Det här är frihet.

Det här är en del av livet

VATTENHÅLET

På vintern behöver ett vattenhål tas upp så att vi kan få oss färskvatten. Det finns en ny issåg i stugan som Mats, en annan stugvärd, har tagit dit. Det går lättare nu, med den nya sågen. Förut behövde man borra minst ett 10-tal isborrshål för att till slut hacka upp en fyrkant i isen. Nu räcker det med 3-5 hål, sedan sågar man upp en nära på perfekt fyrkant. Vardagslyx!!

ETT LEVANDE VÄSEN

© *Marie Andersson Lunndörrspasset*

Lunndörrspasset, en bred U-dal i Lunndörrsfjällen, är magnifik, mystisk och otroligt vacker med sitt plana salsgolv och sina branta bergssluttningar. Det finns dagar när passet vräker ut stormvindar som vrålande kastar sig över

170

Lunndörrstugan i nordlig riktning.

Vindarna river och sliter i tak och väggar.

Det skramlar, viner och tjuter i skorstenen

På natten, i den oroliga drömmen bor det tusentals getingar där.

Mitt i stormen kan det plötsligt mojna och bli lugnt och tyst.

Passet är som ett levande väsen som hämtar andan

Det tar ett djupt andetag och sedan andas det ut igen, vrålar med ännu större

kraft

Det är nu jag går ut och ställer mig i vinden

Armarna utbredda och omfamnandes fjället

Blundar och låter håret fladdra

Kippandes efter andan tar jag ett andetag bortvänd från vinden

Jag känner att jag lever

Lyckorus